METROS POR SEGUNDO

Stine Pilgaard

colecciónletrasnórdicas

METROS POR SEGUNDO

Stine Pilgaard

Nørdicalibros
2024

Traducción de
Daniel Sancosmed Masiá

Título original: *Meter i sekundet*

Danish Arts
Foundation

Este libro ha recibido una ayuda a la traducción de Danish Arts Foundation

Doctor Blanco Soler, 26 - CP: 28044 Madrid
Tlf: (+34) 917 055 057 - info@nordicalibros.com
www.nordicalibros.com

Primera edición en Nórdica Libros: enero de 2024

ISBN: 978-84-19735-97-3

Depósito Legal: M-34729-2023

IBIC: FA

Thema: FBA

Impreso en España / *Printed in Spain*

Imprenta Kadmos

(Salamanca)

Diseño de colección: Filo Estudio e Ignacio Caballero

Maquetación: Diego Moreno

Corrección ortotipográfica: Victoria Parra y Ana Patrón

NOTA DEL TRADUCTOR

Es importante explicar qué son las *højskoler* para poder entender el contexto en el que se desarrolla la novela.

Se trata de escuelas para adultos creadas en el siglo XIX por el, entre otras cosas, filósofo y pastor Nikolai Frederik Severin Grundtvig que permitían el acceso a la educación popular a los campesinos y a las mujeres, que carecían de ella hasta entonces. La idea original era proporcionar una educación a todos los ciudadanos para que, en el inicio de la democracia danesa, tuvieran conocimientos suficientes a la hora de votar, con lo cual el destino del país estaría decidido por gente con una base educativa fuerte. Su creador las definió como «escuelas para la vida», pues tiene más peso el desarrollo y el aprendizaje personal que el conocimiento estrictamente académico. De hecho, los alumnos deciden qué asignaturas van a cursar, no hay exámenes y no se expide ningún título oficial, sino únicamente un certificado de asistencia. Proceden de distintas ciudades y clases sociales, conviven, comen y hacen vida social juntos durante todo el curso y el único requisito es que sean mayores de diecisiete años. Las materias que se imparten varían dependiendo de la *højskole*, aunque hay un trasfondo humanista, y el método de enseñanza consiste en potenciar las capacidades de cada alumno. Los profesores también forman parte de la vida de estas escuelas populares, que suelen estar situadas en entornos rodeados de naturaleza, y viven en las dependencias de la escuela y hacen vida junto a los alumnos y el personal.

Además, tienen gran importancia en las *højskoler* y en la cultura popular danesa las canciones. Existe un libro llamado *Højskolesangbog*, un cancionero en el que se reúnen las canciones populares danesas y que se actualiza cada año con la inclusión de nuevas aportaciones como, por ejemplo, cuatro canciones de este libro. Es habitual tomar la melodía de alguna de estas canciones y cambiar la letra con motivo de un cumpleaños, una boda o un acontecimiento importante, costumbre a la que la autora recurre a lo largo de la novela y que se ha mantenido en su adaptación al español. Se pueden escuchar estas bellísimas canciones en su idioma original en el canal de YouTube de Katrine Muff.

Por último, únicamente queda señalar que, con el fin de agilizar la lectura, se ha optado por usar «escuela» para traducir *højskole* cuando se trata de la escuela en la que se desarrolla la novela, mientras que se ha optado por el término danés en los casos en los que se habla de ellas de manera general como concepto.

A la memoria de
Maja Trappaud Ahlgren Westman

con los ojos cerrados
es como si
ninguna corriente pudiera ahogarme
ninguna pena asfixiarme
todo –
es como si
el amor llegase a mí
por encima de todos los mares
porque una suave cuerda siempre oscila
en mí –
Gustaf Munch-Petersen, det underste land, 1933

Todavía somos nuevos en el campo y, desorientados, damos vueltas con el carrito de nuestro hijo como dos vagabundos inquietos. Miramos los molinos de viento, la manera en que ascienden hacia el cielo como si fueran una visita del mañana, recuerdos futuristas de otros planetas. Brotan como alegres malas hierbas alrededor de nuestra casa y las raras veces que están en silencio es como si el planeta contuviese la respiración un breve segundo, mudo por la ausencia del viento. Giramos en un nuevo mundo, en nuestra nueva vida, con nuestro nuevo hijo, la naturaleza está plana ante nosotros y la puesta de sol sobre el mar del Norte nos contempla con su ojo rojo. Los ciervos miran con calma a los faros de los coches y los animales muertos de las carreteras se extienden entre las líneas que separan los carriles. Los campesinos saludan llevándose un dedo a la gorra y yo entiendo que es así como se hace aquí. Diciendo hola con la mano, sonriendo, rodando, me muevo entre maíz y patatas, centeno y trigo y finjo que me gustan los perros de la gente. Cuántos años tiene, pregunto, de qué raza, labrador, sí, son una apuesta segura. Me gusta el dialecto de Jutlandia Occidental, la agramatical insistencia en la tradición, la ría que fulgura como cascos de vidrio al sol. Los transportes del molino se equilibran en las carreteras, un aspa roza a los que pasan en el otro sentido, el tráfico entra serpenteando en el paisaje, se pliega, da las gracias y vuelve a salir. *Vi vil i Velling*, queremos estar en Velling, reza el cartel de entrada al pueblo, pero no queda claro qué queremos de él. La realidad está a nuestro alrededor como una niebla y no hemos hecho sino llegar.

NATURALEZA MÁS PRESENTE

La directora da tres toques seguidos y abre la puerta. Aquí lo hacemos así, dice al verme sorprendida. ¿En Velling la gente no practica sexo?, pregunto, ¿no ve porno o se masturba? Es imposible ponerse la ropa en tres golpecitos. La gente tiene sus métodos, dice la directora y coge dos tazas del estante. Ha comprado una bolsa de té negro y un colador pequeño porque no le hace gracia mi Pickwick. Es té para los que beben café, dice la directora, es el paso anterior al Medova y a nadie le apetece llegar a eso. Acaba de estar en la escuela poniendo flores en las habitaciones de los alumnos mucho antes de que lleguen de todas partes del país en autobuses azules. Así que se acaba la paz, digo, y mi baja por maternidad se acabará pronto. La directora gira su taza lentamente entre las manos mientras mi hijo se esconde debajo de su vestido rojo como si este fuera una tienda de campaña. Necesita un nombre, dice la directora y señala entre sus piernas. Dice que la gente está empezando a hablar, tiene contactos en el ayuntamiento y sabe que ya nos han mandado tres multas. Suenas a jefa de la mafia, digo. Coge en brazos a nuestro hijo y él se agarra a una flor de plástico de su horquilla del pelo. ¿Eres un pequeño Nicolai?, pregunta. Mi hijo está babeando y no parece interesado. Un nombre es una gran responsabilidad, digo. Una sucesión de letras que los profesores gritarán cada día cuando miren la lista de clase. Un nombre que nuestro hijo dirá cada vez que conozca a otra persona. En los parques, en las discotecas, en las entrevistas de trabajo. Va a firmar documentos con el nombre que se nos ocurra, estará en la esquina de los dibujos que pongamos en el frigorífico. Se grabará en los feísimos brindis de broma que hagamos en Navidad y terminará sus días en una lápida. Entre tanto, figurará en revistas médicas, exámenes, contratos de alquiler, resguardos de empeños, tarjetas de Navidad, fichas policiales o Wikipedia. Nunca se sabe dónde acabará tu nombre, digo. La directora propone Frederik. Lo rechazo rápido porque mi primer criterio es que tenga rima. Confirmaciones, digo, cumpleaños, es ahora cuando tenemos la ocasión de ponérselo fácil. Severin, dice la directora, se puede rimar fácil. Pero no coincide con lo que queremos, digo, buscamos dos sílabas y que acabe en vocal, así que ahí estamos. Tienes que salir de la burbuja, dice. En el año que llevamos viviendo en Velling no he hecho otra cosa que vomitar, parir y amamantar y mi hijo me sonríe como si ninguna de las tres actividades tuviera que ver con él. Necesita un nombre y tú necesitas un trabajo, dice. Hay que integrarse, la experiencia demuestra que los profesores de la escuela se quedan a vivir aquí si sus cónyuges se aclimatan. No estamos casados, digo. Tenéis que pensarlo, dice y señala a mi hijo, como si él fuera un argumento sin palabras. Tiene el inherente miedo provinciano de que las nuevas familias se esfumen en medio del florecimiento de la sociedad local. En su tiempo libre intenta encontrarle compañía a la gente para que no se vaya. A ella la contrataron como profesora de baile del curso de verano de la escuela y tenía que haberse quedado solo cuatro semanas. De eso ya han pasado treinta años y hay mucha gente así, el lugar tiene algo atractivo que hace que sea impensable dejarlo. Son los profesores y su gente los que crean el relato de la escuela, dice. Todos los empleados viven aquí con sus familias en residencias que rodean el gran edificio de ladrillo rojo, como si fuera una iglesia, el centro natural de una sociedad religiosa e histérica. La escuela sois vosotros, dice y me señala. Su voz sube y baja, pinta imágenes y hace publicidad. De camino a Højmark hay una tienda en una granja. Puedes entrar, dejar el dinero en el mostrador, cien por cien ecológica. La ciudad está llena de emprendedores e idealistas, hay tantos vegetarianos que se puede dar de comer a los cerdos. No solo son granjas de visones y la Misión Interior, los campesinos no hablan solo de la tierra, los pescadores no hablan solo de peces. Qué sabes hacer, pregunta y se quita las gafas. Sus ojos son turquesas brillantes y la lámpara de la mesa se balancea en su iris izquierdo. Soy una especie de oráculo, digo, pero lo sabe muy poca gente. Oráculo, murmura la directora como si estuviera resolviendo un complicado problema de política exterior. Tengo una clara visión, es ella la que hace que este pueblo esté unido, quizá todo el país. Tira con dulzura de unos hilos, rasga con más fuerza de la necesaria, quita un par de dunas en un santiamén para que todo el mundo tenga vistas al mar. Necesitamos savia nueva, dice y me da un trabajo que no existe y que no he buscado. Lo crea para mí mientras me estudia minuciosamente y realiza un par de llamadas telefónicas rápidas en voz baja. Era el diario, dice, y la verdad es que les vendría bien un consultorio dirigido a todas las edades. Levanto a mi hijo del corral de juego. También hay mucha gente que oficia bautizos, dice, dos pájaros de un tiro. No lo vamos a bautizar, digo. La directora asiente para sí y dice que ya nos encargaremos de eso. Deja el té y el colador en el cajón superior, para la próxima vez. Gracias, digo y le lanzo rodando una pelota amarilla a mi hijo. *Vi vil i Velling*, dice la directora. Eso queremos, digo.

Querido consultorio:

Te escribo porque tengo un problema con el tiempo que muchos de mis seres cercanos me han comentado. La verdad es que se me da muy mal vivir el presente y mi cabeza suele ir varias semanas por delante. Debido a mi trabajo, estoy acostumbrada a organizar mucho, ya que soy coordinadora en una gran empresa. En casa hay muchas cosas que hacer porque tenemos tres hijos con actividades escolares, tiempo libre y todo lo que ello conlleva. Mi marido es muy distraído y a menudo nos pone en la misma hora dos compromisos o tres. El resultado es que tanto su familia como sus amigos se dirigen a mí cuando hay que organizar algo. Tenéis que tratarlo con la bruja planificadora, dice mi marido, y, aunque lo diga con cariño, yo lo veo como una crítica. Intento vivir el presente con ayuda de la meditación y la música de delfines, pero he de reconocer que me resulta difícil. ¿Soy una friki del control? ¿Qué tengo que hacer?

Muy atentamente,

La bruja planificadora

Querida bruja planificadora:

No es que esto vaya sobre mí, pero, honestamente, he de reconocer que pertenezco a la clase de gente a la que le cuesta hacer cosas. No se debe a un enfoque vital especialmente espontáneo, sino a una mezcla de pereza e inconstancia. Personalmente, pienso que el ahora está sobrevalorado. Vive cada día como si fuera el último, dicen, pero es un disparate. Ya basta, por Dios. Las calles se quedarían desiertas, nadie se responsabilizaría de nada. La gente se quedaría todo el día en la cama con sus parejas fumando mientras llaman a sus padres y les perdonan todo. Estoy harta del presente, siempre se está en medio de él, todo es ahora, ahora y también el ahora de las narices. No es ningún delito pensar en el día de mañana. Si se quiere juntar a la familia o a un grupo de amigos, hay que entender que no es algo que suceda por casualidad. Uno no entra en un café y de repente ve a todos charlando sobre los viejos tiempos. Tengo un amigo, Mathias, al que le encanta organizar y se pone eufórico cuando lo hace. Es una iniciativa ambulante que se mueve por la vida de una forma metódica. Agita las manos y escribe *emails* larguísimos sobre pequeñas cosas. Si nadie responde, manda recordatorios con emoticonos de sonrisas, adjunta la previsión meteorológica y propuestas razonables sobre qué ropa ponerse. No sé por qué siempre estamos burlándonos de él, pero quizá sea porque es muy sencillo. Como muchos otros, mi novio y yo somos personas cómodas. Entramos en las cosas que pasan como si el mundo se hubiera creado para nosotros. En todos los grupos de amigos hay personas cómodas. Se nos reconoce porque siempre llevamos patatas fritas y *akvavit* a las fiestas. Somos muy sensibles y contestamos en el último momento. Sentimos que la vida se apaga cuando tenemos muchos compromisos. Vemos el tiempo como algo abstracto que tiene su propia voluntad. Para nosotros es difícil entender algo que es bastante evidente. Sin fecha, nada de comidas de Navidad. Es significativo que haya que acicalarse y transporte organizado. Vamos con la sonrisa torcida y, como tenemos cargo de conciencia, nos volvemos un poco malvados. Echa el freno, le decimos a Mathias, o *hakuna matata*. Pero hay algo digno de recordar. Hay un motivo por el que son dos dibujos animados los que nos han enseñado ese lema. Nuestro mundo no lo ha creado Walt Disney, las estrellas no se juntan en la cabeza de un león que nos cuenta quiénes somos, pero vosotros sí. Querida bruja planificadora y querido Mathias: perdón. Siempre nos burlamos de la gente de gran corazón. Seguid siendo indomables, despejadme el calendario, hacedme perder el tiempo. Vuestros planes y sueños son el árbol de mayo alrededor del cual bailamos los demás. Después nos vamos a casa porque estamos liados. Vosotros recogéis mientras pensáis lo divertido que sería alquilar canoas e ir al río Gudenå en el verano del veintidós. Gracias de corazón.

Saludos,
El consultorio

He pedido un libro del teórico del carnet de conducir y estoy yendo a la tienda a recoger el paquete. Ya sé quién eres, dice cuando le doy mi pasaporte. Ya será menos, digo, y él asiente. Sé dónde vives, dice, al lado de la escuela, en la casita roja. Ah, pues sí, digo. Se pone en el marco de la puerta y yo me quedo abrumada por las opciones que hay delante de los cajetines de golosinas. Afuera pasan los coches y el tendero se lleva la mano a la cabeza. No llega a tocarla, pero el movimiento, la mano casi contra la sien, pienso que lo hace cien veces al día. ¿Cómo puedes ver quién es?, pregunto. Tampoco hace daño saludar a alguien a quien no conoces, dice el tendero como si estuviera admitiendo algo. Me pregunta si nos hemos adaptado bien. Me gustaría ser amiga del tendero e imagino que podría venir por la tarde de visita, que podríamos escuchar música y beber vino, reírnos de las cosas que nos decimos. Es volver a la casilla de salida, digo, te tienes que reencontrar en un nuevo ambiente. Hablo de la alienación del forastero y el tendero comienza a colocar en su sitio unos cuantos productos. Cuando hablo con la gente, parezco una persona que va a la guerra. Me pongo ansiosa, estoy sola en una sopa de sonidos, me pongo ante ellos como un asado cortado en rodajas en una bandeja, un helado deshecho con unas estúpidas sombrillas encima. El tendero mira por la ventana y espera claramente refuerzos y ve a un matrimonio de mediana edad entrar en la tienda. Viven en Hee, pero suelen hacer negocios aquí porque tienen hijos en la escuela privada de Velling. La conversación se desarrolla lenta e interrogante en un paisaje bastante pequeño y se detiene entusiasmada en las partes más inofensivas. Una lluvia salvaje, las vacaciones de otoño, que están a la vuelta de la esquina, afirmaciones a las que es imposible poner un signo de interrogación. En diez minutos, redondeando, están ante el mostrador dándose la razón en cualquier asunto. El matrimonio acaba de hacer limpieza en el garaje. Todo ese desorden que se termina almacenando, pero hay que hacerlo. Sí, exacto, sí, dice el tendero y me llena de una mezcla de fascinación y asco al conseguir darles la razón tres veces en una frase. Parece como si los demás se juntasen, pero yo tengo la sensación de que me empujan para alejarme cada vez más, hacia el borde de un abismo de soledad. Cuando el matrimonio ha salido por la puerta con cuatro pastelitos de la vitrina, pongo sobre el mostrador una bolsa de papel a rayas. La cortesía me vuelve paranoica, no se sabe qué hay al otro lado de una montaña así, digo y busco el monedero en el bolso. Ciento ochenta y ocho con cincuenta, dice el tendero, quizá le das demasiadas vueltas a las cosas. Seguro que sí, digo y me voy de la tienda mientras el espectral tendero, que se ríe con la copa de vino tinto en mi cocina, se disuelve hasta convertirse en puntitos centelleantes.

En el salón de casa lloro por lo triste que fue mi conversación. Voy a acabar como una vieja que vive rodeada de gatos, pero sin gatos, digo entre sollozos. Mi novio opina que tengo que entender al tendero como un género y no como un rechazo. Tú piensas en prosa, dice, aquí la gente es más concisa. Haikus, dice mi novio, que lo comparan todo con la literatura, diecisiete sílabas, suma de naturaleza y presente. A menudo recurre a su intelecto como defensa ante mis grandes sentimientos y, si tengo suerte, también le sigue una ponencia. Crees que es vanguardista, dice mi novio, que también es de una pequeña ciudad de provincias, las conversaciones en el espacio público mantienen la comunidad impuesta que son los pueblos. El tendero incluso me preguntó si nos habíamos adaptado, digo. Mi novio mueve el dedo índice y niega con la cabeza. Error, dice, el tendero dio su aprobación a que estuvieras en su tienda, a que viváis en el mismo sitio. Cuando mi novio me encuentra especialmente corta, su lenguaje figurado se vuelve florido de una manera desesperante. Dos leones de la misma manada se encuentran en la sabana delante de una cebra casi muerta, dice lentamente. Dan un par de mordiscos y la pata trasera izquierda se mueve débilmente. Después se van cada uno por su lado, pero saben que quizá se vean al lado del mismo cadáver unos días después. Considéralo una letanía, dice, un breve ritual. Qué tal, bien. Qué viento hace, sí, madre mía. Pues ya es lunes, sí, no podemos librarnos. Lo repito despacio, como una fórmula mágica en la que no creo de verdad. Mi novio me aconseja refrenar mi necesidad de conocer bien a la gente o al menos maquillarla un poco mejor. Mira a Anders Agger, el periodista de los documentales. Puede hablar con todo el mundo, dice mi novio y busca en internet un documental. Vamos a la cocina y hacemos palomitas. Bueno, y qué, dice y las echa en un gran cuenco. *Na*, murmuro y nos sentamos a practicar en el sofá. Qué tal, dice mi novio. Bien, gracias, contesto. ¿Has pasado un buen finde?, pregunta. Digo que está bien bajar la marcha después de una semana ajetreada. Mi novio asiente divertido. Nadie quiere saber cómo estás, dice, recuérdalo.

Querido consultorio:

Mi marido y yo estamos haciendo planes para nuestras bodas de cobre[1] *el año que viene y tenemos cuatro maravillosos perros. Vivimos en un entorno bellísimo a las afueras de Vedersø, ambos trabajamos y no tenemos nada de lo que quejarnos. Mi marido está atento a cómo podemos optimizar nuestra vida. Cuando me tumbo en la cama después de un largo día, él me mira y me pregunta: «¿de verdad eres feliz?». Y me produce más cansancio del que ya tenía. Le asusta que nos estanquemos como pareja y que dejemos de provocarnos. A mí no me da miedo, pero me voy agotando. Quizá no espero demasiado, pero doy gracias por nuestra vida. ¿Tienes alguna propuesta para que mi marido pueda encontrar la calma?*

Atentamente,
David

[1] Las bodas de cobre españolas corresponden al vigésimo segundo aniversario de boda, mientras que las danesas (*kobberbryllup*) se celebran a los doce años y medio del enlace.

Querido David:

Reconozco tu cansancio, pero es importante que comprendas qué mecanismos guían a tu marido. No a todo el mundo se le da bien estar bien. Hay gente que se inquieta, otra se siente insegura. Mi familia política desciende de comerciantes de Fionia y es increíble lo atareados que están con los ultramarinos. Comparan las diferentes subramas del supermercado Brugsen. Lokalbrugsen es la oveja negra en liquidación, Dagli'Brugsen separa las aguas, pero SuperBrugsen sale victorioso de cualquier comparación. Trabajan allí todos, la abuela de mi novio incluso ha elaborado una serie de cerámicas con las iniciales de SuperBrugsen en el juego de café. Pone SB y toda la familia levanta las tazas y brinda con café. Me encanta mi familia política, pero estoy más a gusto en la discordancia entre personas enfermas. Funciono en el mundo de los malentendidos, anoto conflictos de la misma manera que los demás respiran. Analizo de forma totalmente automática una entonación, noto la aspereza en el fondo de una voz. Un sentimiento herido, una contracción de agravio en la boca, mandíbulas tensas, cejas levantadas. Puedo poner paz como nadie y detener las desavenencias de maneras sutiles, si es que debería tener una empresa. Mi mayor pena es que las familias normales no necesiten mis aportaciones. Sonrío y busco señales de peligro, agazapada, lista para liberarlos de algo que nunca sucederá. Los divorcios son como una remota ciudad de Rusia y la bondad sigue su curso en los convenios de sofá. Por Navidad viajaremos a la granja natal y las nueras les quitaremos el corazón a las frutas y haremos el clásico *æbleflæsk*, tocino con manzana. Pondremos pimiento rojo y amarillo en la mesa de los quesos y doblaremos las servilletas de dibujos de gnomos felices. Cojo fuerzas y me adapto lo mejor que he aprendido. Tú puedes, me susurro, eres inmóvil y blanca como una estatua, eres un cuadro con un marco dorado en el comedor de tu abuela, eres ciervos y lagunas silvestres, nenúfares que se mecen. Eres IKEA, *zoom* de pánico sobre los pétalos de las flores, gotas de rocío en el sol, millones de reproducciones. Eres tan neutral que estás colgando por todas partes en las habitaciones de hotel del mundo, eres lo último que la gente ve antes de hundirse en la bañera y cortarse las venas, quedas bien en cualquier casa. Querido David: esta es mi pequeña letanía, quizá a tu marido le pueda funcionar. Muestra piedad. No todo el mundo llega a la armonía de forma natural.

Saludos,
El consultorio

Mi novio y yo estamos en la puerta de un chalet de Velling. Vamos a hablar con la futura cuidadora de nuestro hijo y metemos la bicicleta bajo el cobertizo de los coches. En los farolitos hay velas encendidas y en la puerta hay colgada una corona con frutos rojos. Los dos nos hemos puesto ropa elegante y le tendemos la mano a una mujer de mediana edad mientras sonreímos. Señala un banco de madera de la cocina y nos sentamos. No es algo que hayamos hablado en casa, pero creo que dudamos si los contratantes somos nosotros o ella. La mujer dice que se llama Maj-Britt y que lleva treinta y dos años trabajando de niñera. Una veterana, dice su marido, que asoma la cabeza por la cocina. Ya, gracias, Bent, dice ella y sirve el café. Maj-Britt, digo, es el nombre danés que se escribe de más maneras distintas. Noto un suspiro de entusiasmo. Con guion y doble te, dice y saca un plan semanal con mariquitas pequeñas dibujadas en las esquinas. Cuenta que es una niñera ecologista que pone especial atención en la naturaleza. Lo divertido es que el nombre es corto, digo, y aun así hay muchas opciones tanto para la primera sílaba como para la última. Con ai, con jota, y, con una te o con dos, con o sin hache, hay variaciones infinitas. Infinitas no, dice mi novio y se pone a hacer cálculos con su teléfono. Vamos cambiando las letras y las anoto en una servilleta. Veintisiete, dice mi novio. Cree que la última parte del nombre procede del celta Birgitte, que significa la luminosa o la excelsa. Podéis escribirlo como queráis, sabré a quién os estáis dirigiendo, dice Maj-Britt. Nos pregunta si nos hemos adaptado bien al pueblo. Mi novio me mira con seriedad. No nos quejamos, digo. Afuera en el jardín hay una gran caravana. Bent sirve el café y dice que están instalados en Tarm y que una vez al año llenan el coche y se llevan con ellos a todos los niños. Maj-Britt enseña unas fotos que muestran cómo es el día típico de una guardería y quiere saber si tenemos alguna pregunta. Escudriño mi cerebro y pienso que deberíamos tener una postura notable respecto al sitio en el que estará nuestro hijo los próximos dos años. El tiempo pasa rápido, dice Maj-Britt, antes de que te des cuenta ya tendrá que ir al jardín de infancia. Digo que es una locura lo rápido que crecen si te paras a pensar que el tiempo de producción ha sido de entre diez y veinte minutos. Quizá media hora, si hay ganas de marcha, digo y me río. Mi novio carraspea y digo con tono serio que nos peleamos un poco con la irritación de las nalgas. Te prometo que nosotros nos encargamos de eso, dice Maj-Britt, como si fuéramos aliadas en una guerra. Nos habla de un ungüento especial de zinc que pide a Suecia y yo noto por un instante una sensación de éxito. Y a qué os dedicáis vosotros dos, pregunta Bent. Mi novio habla de la enseñanza en la escuela y yo le digo que estoy en la industria de los oráculos. Ah, vaya, dice Maj-Britt. Tiene un consultorio, dice mi novio. Entonces siempre se te puede pedir consejo, dice Bent, y yo le prometo que sí. Maj-Britt y mi novio se ponen a hablar del tiempo. Yo he venido preparada de casa y echo mano de temperaturas, cirros, cúmulos y estratos. No suena tan auténtico como esperaba, pero Maj-Britt parece satisfecha. Pues hasta aquí el verano, dice Bent, y tengo la sensación de que nos han aceptado. Cuando estamos fuera junto a las bicis, nos miramos. Cómo crees que ha ido, pregunta mi novio, y yo me encojo de hombros. Para nosotros se ha convertido en algo totalmente natural hablar como si nos presentásemos a un examen o estuviéramos en uno cuando estamos en contextos en los que tenemos que actuar como padres. Has salido muy bien del paso con lo de las nalgas, dice.

Los profesores de la escuela están en el aparcamiento para recibir al curso de otoño y yo estoy pegada a la ventana valorando la situación. Los alumnos llegan en autobús o en coche con sus padres. Lucen presumidos o tímidos y se preguntan unos a otros de dónde vienen y qué asignaturas han elegido. Me siento en la esquina de fumadores, al lado de la entrada de la escuela y tengo la sensación de estar en el teatro. Algunos alumnos han decidido quién quieren ser, yo me imagino que me puedo burlar de los que más se desvían de su personalidad original, tienen en su lenguaje corporal algo convincente que me divierte. Ninguno se relaja y me gustan más los que no intentan disimularlo. Un joven con grandes rizos tamborilea con los dedos en la mesa. ¿Estás con el pelotón?, pregunto y él asiente y me tiende la mano. Malte, dice serio. Le digo que estoy en la industria de los oráculos y que puede acudir a mí si le pasa algo. Coge el cigarrillo que le ofrezco. Los alumnos de música se adaptan rápido, digo, se buscan entre sí y forman grupos con nombres como Los Diablillos Traviesos o Los Duendes Musicales. En las primeras semanas lo dicen con ironía, pero a medida que avanza el semestre lo dicen del mismo modo que se nombraría a los Rolling Stones o a los Beatles. Una chica morena con pintalabios rojo intenso está mirando fijamente un cenicero como si la hubiera abordado pasándose de la raya. Los alumnos de letras siempre fuman, están bajo el frío protegiéndose con una expresión facial de dolor. Como profesor de escritura, mi novio recibe a muchos de los llamados alumnos pesados, que, como todos los que escriben, sienten la necesidad de explicarse y tienen la difusa esperanza de que la escritura los salve. Son hijos de padres divorciados con perfiles altos, deprimidos o bipolares, y luego siempre hay un par de aspirantes a periodistas con un fuerte sentido de la justicia. Dentro de pocas semanas estarán por turnos en la puerta de nuestra casa con la vaga sensación de que mi novio tiene la respuesta a algo que quieren saber. Beberán café solo y se fumarán su tabaco en su despacho. ¿Hay algo de lo que quieras hablar?, preguntará mi novio y yo me dormiré con el ruido de una juventud indecisa que no sabe si lo que espera es un padre, un hermano mayor, un novio o un amigo. La directora viene con un vestido largo de color morado y el pelo recogido en un ingenioso peinado. Hay algo vertiginoso en sus andares, el impetuoso vestido recuerda a unas alas y no sería impreciso decir que iba volando. Como si fueran un rebaño de ovejas, arrea a los alumnos a la sala de conferencias, donde se va a enseñar danza popular. Parecen tímidos y dan golpes en el suelo con los pies según sus indicaciones. La mayoría acaba de terminar el instituto y espera que la conexión que busca esté en la escuela. Lo deciden ya antes de llegar aquí, es una postal escrita de antemano, tan seguros como de que el sol existe. La escuela es un concentrado, una pastilla de caldo de sueños humanos con una comunidad que se pueden cantar, bailar y tratar. Pagan por el marco que ofrece la escuela, saben que las personas que los rodean desean exactamente lo mismo y, por tanto, hay algo estúpido que no ofrece resistencia en sus pequeños universos. Como quieren hacer amigos, juegan a ser amigos hasta que lo son de verdad, se atan salvajemente en poco tiempo y tras un par de semanas dicen típicodeti y comohacemosiempre. Siempre hay un puñado de alumnos algo mayores que tienen ganas de desvelarlo todo. O han leído muchos libros o se han tomado un año sabático de su formación humanística que hace que con una dolorosa pero triunfal aversión miren al grupo desde fuera. Algunos verbalizan la construcción con frialdad, siempre viven en habitaciones individuales y nunca se dejan ver en grupos grandes. Aunque me parezco más bien a los alumnos de las habitaciones individuales, me gustan más los otros. Envidio de ellos la alegre pérdida de control y la manera en que se sueltan. Algún día serán unos fantásticos padres y ciudadanos y en una relación amorosa confiarán su sufrimiento con los ojos abiertos y la mente serena a la persona con la que han decidido compartir su vida.

Querido consultorio:

Soy una mujer de sesenta y siete años que cree que envejecer es raro. Personalmente no siento que hayan cambiado mis ideas ni mis puntos de vista, pero veo que la sociedad y mi gente cercana me tratan de forma distinta. Desde que me jubilé, se ha vuelto difícil hablar con la gente en reuniones sociales. Tengo cuatro nietos maravillosos, pero no puedo estar hablando de ellos todo el rato y, además, así confirmo el prejuicio de la gente sobre mi edad de abuela. Me asombra que a muchos hombres les guste tocarme o apretarme los brazos. ¿Por qué crees que lo hacen?

Saludos,
La vieja joven

Querida vieja joven:

Yo tenía veintiséis años la primera vez que un hombre me dijo que me conservaba bien. Cuando por casualidad digo mi edad, a menudo veo que afirman que no lo parece, lo cual, por otra parte, es mentira. Siempre he aparentado ser mayor de lo que soy. Cuando era niña me ponía orgullosa, era práctico cuando era adolescente y ahora me da igual. Me exacerba infinitamente que me atribuyan el deseo de parecer más joven. De que me consideren un producto alimenticio con fecha de caducidad. Es curioso ser mujer. En la pubertad nos obsequian con un poder que apenas comprendemos cuando miramos nuestros incipientes pechos. Los vamos buscando confusas por el mundo, damos manotazos a la gente si quieren tocarlos, pero el cansancio está ahí y piensas: Dios mío. En una serie de años nos considerarán el deseo de la sociedad. Somos las hojas no escritas, lo contrario de la muerte. Como todos los demás, cambiamos la juventud por la eternidad y nos confundimos cuando nos damos cuenta de que solo era un préstamo. Al final no hay nadie a quien darle un manotazo, como mucho dos hijos que tienen hambre, y la mirada de la sociedad se ha vuelto sentimental. La mirada baja de los pechos a la tripa y repta hasta el carrito del niño, donde agradece sonriente la contribución a la raza humana. Dentro de un breve periodo de tiempo se te tratará con cuidado, como representante que eres de la mismísima Madre Tierra. Querida vieja joven: los hombres se relacionan mejor con el cuerpo femenino si hay que meter algo o sacarlo. De ahí en adelante la cosa se pone crítica. Se expande la indecisión. En la pura confusión y por falta de fantasía, ahora se aferran a tus brazos. Dios mío.

Saludos,
El consultorio

Me encuentro con Krisser en la calle principal y atravesamos Ringkøbing cada una detrás de su carrito. Por el equipaje que llevamos se puede suponer que somos dos mujeres que vamos a dar la vuelta al mundo. Después de ni siquiera un año como madres, el grueso de nuestro vocabulario consta de sustantivos que designan a los objetos que arrastramos. Portabebés, cremas reparapieles, vigilabebés, limpiababas. Pienso en ellos como el triunfo de las palabras compuestas y la desconsolada conquista de la lengua. Tenemos las casas invadidas por cubos de pañales, toallitas, hamacas, parques y biberones. Son palabras que jamás había tenido en la boca y para las que no hay espacio. Pienso en chicas demasiado jóvenes que hacen sus primeras caóticas mamadas, algo desagradable por todo lo que implica. Krisser me da un vaso de cartón humeante. Menea la cabeza enfadada y su rostro expresa asco y pena. ¿Otra vez está mal?, pregunto y ella asiente. Krisser está atravesando un mundo que la humilla constantemente y yo adoro en secreto ese rostro descontento. Los ojos se convierten en dos grietas terroríficas mientras su boca de cereza hace inútiles movimientos en el aire. Cualquiera creería que le han dado mierda o vómitos, materia de una herida infectada o amarillentos mocos otoñales y no un café *latte* con la temperatura incorrecta. Su hija mira preocupada bajo un gorro verde y yo le acaricio la mejilla. Krisser respira hondo, como si decidiera darle al mundo otra oportunidad, pero al mismo tiempo se desprecia por esta tontería. Su rostro se recompone lentamente y vuelve a ser una bella muñeca de porcelana que tenía en mi infancia. Krisser nos ha apuntado al Loopen, que es un gimnasio que ofrece circuitos de entrenamiento. La verdad es que no le va mucho la salud ni moverse, pero cree que tenemos que volver a la buena senda. Cuando nos conocimos en el grupo de madres, nos miramos como si nos hubieran tirado al mar abierto y ahora hemos descubierto que había más gente a nuestro alrededor pataleando y jadeando. Nos comimos montañas de dulces que estaban delante de nosotras como si fueran montones de munición. Tartas, tronquitos de chocolate, rosquillas, cruasanes, pastelitos, mazapanes, rollitos de canela y trufas. Hablamos de abdómenes, comparamos marcas de tirones, nos sacamos los pechos y dijimos «perdona si gotea». Mi novio estaba en la escuela, Karsten, en el hotel, y los niños abrían los ojos y nos miraban expectantes. Google se fue a pique y nos dejó solas en un mundo lleno de cuerpos. Nuestras largas conversaciones se podían reducir a una única pregunta. ¿Es normal? Normal era el último grito, normal era un garabato, normal era una liana que se podía coger en medio de la jungla para pasar un río lleno de cocodrilos escondidos. Queríamos un promedio de llantos, ni mucho ni poco, e intentábamos llegar a la fase exacta entre el cólico y la sordomudez. Aunque los niños no paraban de crecer, no podíamos imaginarnos que de verdad se harían más grandes, que se acabarían las noches de dar el pecho. Que un día se levantarían de la alfombra y caminarían, que cogerían cuchillo y tenedor y se comerían la comida del plato, se sentarían en un váter y cogerían el papel higiénico. Estábamos derretidas en un presente eterno, demasiado cansadas para recordar un antes o creer en un después. Los líquidos fluían entre nosotras, leche, sudor y lágrimas, los puntos tiraban y los pechos apretaban. Éramos arcos de flecha, inspirábamos y todo temblaba y de repente espirábamos y todos nuestros contornos desaparecían. Totalmente desprevenidas, nos succionó un universo lleno de motivos alegres y ositos de peluche que cantaban. Krisser no era feliz, pero era divertida y solucionábamos nuestros problemas del mismo modo. Como dos engranajes que encajan desesperados, nos sacamos leche y el suegro de Krisser nos llevó al *Biergarten* de Søndervig. Las camareras eran chicas jóvenes vestidas como alemanas de los Alpes en la *Oktoberfest* y sus escotes eran de otro mundo. Carritodalsychupetesacaleches gritábamos, y la primera que mezclaba las palabras tenía que pagar una ronda. Nos contamos cómo éramos antes de tener hijos y con las anécdotas nos pusimos más salvajes y divertidas de lo que nunca habíamos sido. Tenías que haberme conocido antes de que me quedase embarazada, dijo Krisser, es una lástima que tengas que conformarte con los restos. Aunque lo puedo ver de veras a través de las grietas de la maternidad, deseo que tuviéramos un archivo convincente de recuerdos que pudiéramos repasar juntas. Tengo la sensación de haberla echado de menos en mi juventud, como si hubiera un agujerito con forma de Krisser en mi pasado. Una invitada menos a mis fiestas de cumpleaños, un sitio vacío en el tren durante el Interrail. Teníamos que haber jugado a los dardos en Florencia, bebido *spritz* y pateado Roma. La época en la que yo ganaría el Premio Cavling de periodismo y ella sería cantante de *rock*, cuando creíamos que aún podía pasar de todo, lejos del presente en el que ahora hemos hecho contacto visual en medio de la realidad.

Es sábado y hay un maratón de canciones en la escuela. El profesor de Música ha organizado un homenaje al *Højskolesangbogen*, y los alumnos y los profesores estarán cantando juntos en la sala de conferencias de nueve de la mañana a nueve de la noche. En las pausas habrá ponencias sobre la relación entre la música y la comunidad. Pues se nos va el fin de semana, dice Sebastian, que está casado con la profesora de Alfarería. Estamos con nuestros hijos mirando hacia la sala por la ventana. Los cantantes parecen grotescos porque no se los oye, solo se ven los rostros desfigurados. Mandíbulas que se relajan y se tensan, bocas que se abren y se cierran al mismo tiempo. La escuela es una fuerza natural, una amante con la que no se puede competir, y Sebastian y yo estamos amargados. Tenemos parejas absorbidas por el perfecto y atemperado modo de vida de la escuela. La directora piensa que es importante que los acompañantes de los profesores sean parte del día a día, pues vivimos y comemos allí. Se trata de que haya continuidad en la experiencia de los alumnos, nos escribió a Sebastian y a mí en un *mail.* Nos invitó a hacer una ponencia espontánea sobre nuestras ocupaciones y hacer de profesores invitados cuando los profesores contratados estén en cursos o atendiendo asuntos personales. Es una secta, dice Sebastian, y nos están intentando captar. Cuando el grupo de profesores estuvo en el seminario sobre Grundtvig, nosotros tuvimos que encargarnos de la reunión matinal. Los alumnos fueron educados, aun sabiendo que no los queremos, somos *au pairs* amables, pero estamos de paso. No cantan, mueven la boca, dice Sebastian como si alguien hubiera herido sus sentimientos. Es compositor y en este periodo le inspiran los ruidos cotidianos. Graba los sonidos cuando su mujer está en el torno, el pie contra el árbol, el cuchillo contra el metal, el extraño chapoteo cuando las manos húmedas se posan sobre la arcilla. Parece la escena sexual de *Ghost*, digo, pero Sebastian opina que su música es exactamente una alternativa a la cultura popular. Acaba de terminar de mezclar un tema estructurado alrededor de las vibraciones del aire cuando alguien chasca los dedos contra el borde de un cuenco de cerámica. Su hija llama con cuidado por el cristal de la sala de conferencias, donde todos se han levantado y puesto en círculo cogidos de la mano. Imagina que dejamos que nuestros hijos crezcan aquí, dice, cómo los hemos podido sacar del asfalto. Le digo que tenemos que escribir canciones escolares nuevas, formar un grupo de profesores. No somos profesores, dice, pero se agacha a por el cuenco de cerámica que está debajo del cochecito de Freja. Tararea un poco y hace que los dedos se deslicen por el borde. No, digo, tiene que ser una canción protesta, hace falta una guitarra.

Himno para acoplados
Canción de guerra

Melodía: *Når jeg ser et rødt flag smælde* (Cuando veo ondear una bandera roja)

Compositor: Johannes Madsen, 1923

Es difícil ser maestro
lo tenemos que entender
pero puede que no lo sea menos
no tener nada que hacer
pues así mucho tiempo llevamos
medio muertos vamos a quedar
pero dónde vamos a acoplarnos
nos solemos preguntar.

Uno puede acoplarse a una percha
cual sombrero en soledad
o colgar del revés entre quejas
cual murciélago en la oscuridad
bajo el sol nunca un sitio nos queda
nuestro oficio es cuidar del hogar
en las sombras que forma la escuela
esperando alegría encontrar.

Somos fieles y nobles gregarios
del maillot amarillo en París
saludamos, besamos, gritamos
y la gloria es de Bjarne Riis
los mimamos, creemos que es justo
que se vuelvan a casa *cansaos*

comprendemos que no estén a gusto
si hablamos y están *agobiaos*.

Tras el frente la guerra ha estallado
somos restos de la sociedad
figurantes que están olvidados
dando tumbos con ferocidad
somos solo un par de acoplados
que miramos al lago sin más
mas ni medio segundo dudamos
en buscar otro sitio en que estar.

La clase ha terminado y en el coche hay un silencio incómodo. Desde que aprobé el teórico, he asistido a las llamadas clases prácticas. Voy a la autoescuela como otros van a jugar al golf. Me han llamado de mi banco para hablar de las transferencias de la semana pasada y las han denominado «sospechosas». Cincuenta y ocho pagos, dice mi asesora bancaria, y yo tuve la clara sensación de que pensaba que podía estar siendo víctima de extorsión. Sí, sí, dice mi profesor de la autoescuela, que es un amable hombre de Søndervig al que le gusta chocar los cinco. Me imagino que o ha nacido jovial o ha sido deportista de alto nivel, parece un tic que no se puede quitar. Está bronceado en cualquier época del año, hay rayas rubias en su repeinado cabello y parece un surfero. No me puedo librar de la imagen de que pasó toda su juventud en la cresta de una ola del mar del Norte delante de turistas que se desmayaban en cadena en la orilla. Creo que todo el mundo puede aprender a conducir, dijo la primera vez que me senté al volante, sonó casi a exorcismo. Al principio me animó y tomó en consideración mi evidente miedo a morir, dijo que era normal cuando la gente se sacaba el carnet a una edad avanzada. Cuando me detuve con el corazón a mil por hora delante del paso a nivel, sonrió mientras la gente me daba bocinazos. Pisa el embrague, mete primera y choca esos cinco, dijo y estiró la mano hacia mí. Si estoy estresada, choco con la mano ladeada y el sonido no siempre es óptimo, aunque la idea es buena. Llegado un momento, mi profesor dejó de decir que era normal y empezó a decir que sería aburrido si todos fuéramos iguales. ¿Estás harto de mí?, le pregunto y apago el motor. Aunque no lo niega directamente, dice que es refrescante que no tenga dieciocho años, que proporciona variedad. Se cansa uno de oír hablar de la discoteca Crazy Daisy y de los estúpidos padres. Muchos de los alumnos jóvenes son también un poco taciturnos, cuesta hablar con ellos. A pesar de todo, no se puede decir eso de mí. Hablo mejor de lo que conduzco. Giro, acelero y pongo el intermitente al son de mis propias palabras. Mi profesor pregunta cómo he vivido la vuelta que hemos dado. Se ha traído una libretita y reproduce distintas situaciones con gestos y rayas. ¿Me queda mucho para presentarme al examen?, pregunto. Bastante, dice y saca el calendario. Al principio me solía hablar de alumnos especialmente difíciles que a pesar de todo acabaron sacándose el carnet. Gente de Somalia que nunca aprendió a montar en bici. Y si te pierdes conduciendo, dijo, es un deber tener experiencia como ciclista. Luego estaba la viuda de setenta y ocho años que llevaba toda la vida siendo pasajera, y la madre de trillizos de Lem. Lentamente cesaron las historias y yo misma me convertí en un relato. Primero una divertida anécdota en la mesa a la hora de comer y después un trágico destino. Miro a mi profesor. Se le han puesto rayas negras bajo los ojos y ha dejado de decir que todo el mundo puede aprender a conducir. Suspiro y le doy la llave. Punto muerto y freno de mano, dice y le da un toquecito al dado de peluche que cuelga del espejo retrovisor.

Mi hijo se ha dormido en brazos de la directora. Tienes que salir un poco, dice y me mira seria, y yo subo corriendo a la fiesta de presentación que se está celebrando en la escuela. Es de temática *western* y mucha gente que conozco lleva camisa a cuadros con una estrella de *sheriff* en el pecho. Quizá por ser hija única, siempre me confunde no levantar aplausos adonde quiera que llegue, pero tampoco sé qué me esperaba. Los alumnos son atentos y me preguntan qué he hecho con el pequeño, dicen que es majísimo, que ellos acaban de tener una sobrina o conocen a alguien que ha sido madre. Me recuerda a cuando voy a la residencia a ver a mi abuela y finjo un apasionado interés por *Bailando con las estrellas*. Quién crees que ganará este año, le grito al audífono, y ella me mira con indulgencia y se encoge de hombros. Me encierro en el baño para ganar tiempo hasta que llegue la hora de irme. Entran dos alumnas en el segundo compartimento y se ponen a hablar de mi novio en voz alta. No le importa una mierda, dice una y suena impresionada, simplemente es él mismo. Le dan un repaso a su cuerpo, por el cual están entusiasmadas, y yo me sorprendo al verme asintiendo. Han llegado a la cabeza, la cual le acabo de rapar, porque su psoriasis necesita luz. No le importa una mierda, dice una, si quiere parecer un *skinhead*, lo parecerá. No creen que mi novio sea de los que van agrediendo a la gente, pero sí que, si le pasa algo injusto, sabrá defenderse. Después de que se hayan ido, espero un rato para salir y voy a la barra para estar con mi *skin*. ¿Se puede beber cuando se está dando el pecho?, pregunta una alumna y mira mi vaso. Mi novio me ha dado una bebida verde, pero desaparece rápidamente en un mar escolar de manos. Es como tirarle una chuleta a un perro salvaje que tiene frío. Los alumnos quieren algo de él. Unos quieren su cuerpo, otros, su atención. La seriedad de mi novio es pura y cristalina y lo que le suele poner la zancadilla en el mundo social se ha convertido en un triunfo. Los ojos de los alumnos son proyectores y mi novio sonríe asombrado y yo lo miro llena de un solitario orgullo.

Cuando mi novio llega a casa poco antes de medianoche, yo estoy sentada tomando notas del programa de televisión de Anders Agger. Ha estado en un centro de acogida para refugiados, en la cárcel, en el Parlamento, en una autopsia, y se mueve con soltura entre refugiados, condenados a perpetuidad, ministros y cadáveres. Allá donde se encuentre, la gente se abre como amplias puertas francesas y le entrega el alma. Mi novio cuelga el sombrero de vaquero en el bonsái y coge dos cervezas de la nevera. Ahora Anders Agger está en Vestas, la compañía eólica, y su voz en *off* cuenta con un clásico acento del oeste de Jutlandia que los molinos de viento nacieron con la crisis del petróleo de los años setenta. Inventados por un herrero con excedente de hierro y la idea de que aquel viento quizá había llegado para quedarse, dice Anders Agger, y se ven las imágenes de unos molinos girando durante la puesta de sol. No sobreactúa, dice mi novio, como Colombo. Inteligente pero aparentemente inocuo, una mezcla menos habitual de lo que se cree. Cojo un bolígrafo y me pongo a escribir apuntes. En el siguiente programa es el turno del convento de los Testigos de Jehová en Tilst. Vemos nuestras escenas favoritas una y otra vez. Anders Agger le pregunta a un testigo si no cree que haya adoctrinado a su hija al llevarla a evangelizar un barrio de chalets. Hace frío, están helados y nadie quiere oír hablar de Jehová. La voz está a punto de ponerse mala hasta que Anders Agger tirita, alza un vaso de cartón y brinda con el café. Aquí ha establecido un vínculo, dice mi novio, nosotros contra el tiempo, el humano contra la naturaleza. Impresionante, digo y doy un trago a mi cerveza. Salud, dice el testigo, ya claramente aplacado.

Querido consultorio:

Estoy muy contento con mi nuevo trabajo en una pequeña empresa de tecnología y también me siento competente a la hora de realizar el trabajo. Sin embargo, noto inseguridad en cuanto a si estoy a la altura de las expectativas. Usan un nuevo sistema operativo con el que no estoy familiarizado, pero no me gusta pedirles consejo a mis nuevos compañeros. Mi hija mayor me llama burro cabezota, pero es que no quiero que la empresa se arrepienta de haberme contratado. Mi mujer interpreta que puedo preguntar con libertad sobre las dudas, pero me paso las noches leyendo manuales en vez de quedar mal. ¿Cuál crees que es la solución correcta?

Atentamente,
El burro cabezota

Querido burro cabezota:

Le voy a dar la razón a tu mujer en que es buena idea preguntar a tus compañeros acerca del sistema operativo. A la mayoría de la gente le gusta ayudar a los demás y es un placer especial si también saben del tema. Esto no va a ir sobre mí y es que también me cae bien nuestra asistente pediátrica postparto, es una persona muy servicial. Tener un hijo es una crisis vital, dijo con amabilidad cuando nos visitó el día siguiente al parto, y, si tenéis alguna duda, siempre podéis llamarme. He recurrido a ese ofrecimiento muchas veces y pregunte lo que le pregunte, ella carraspea ligeramente y dice que cada bebé es distinto. Al principio esperaba un poco porque suponía que era una introducción antes de dar la respuesta, pero me di cuenta de que eso era la presentación, el nudo y el desenlace. Nos aseguró que éramos nosotros como padres quienes mejor conocíamos a nuestro hijo y sabríamos lo que necesitaba. Estoy radicalmente en desacuerdo y me extraña lo confiadas que se vuelven las autoridades cuando por fin se acude a ellas. Quiero órdenes e instrucciones en vez de un niño pequeño que me mira expectante. A mi hijo le han empezado a salir grandes manchas en los brazos y en las rodillas. Mi novio y yo las miramos, hablamos, pensamos y supusimos a medida que se extendían por su cuerpecito. Cuando la mujer examinó a nuestro hijo, preguntó de un modo infinitamente lento: ¿se podría pensar que quizá no siempre lo hayáis limpiado a fondo? Nos miramos desconcertados. Tenía cinco semanas. Nos habíamos estudiado un esquema con imágenes de las distintas fases de las cacas de los bebés. Estuvimos ocupados con los pañales, los habíamos cambiado y echado polvos de talco y crema con tanta pasión que simplemente se nos había olvidado limpiar al niño. Ya estaba enmoheciéndose. Todos los niños son distintos, dijo la asistente, pero quizá se podía intentar darle un baño. Querido burro cabezota: agarra al toro por los cuernos. Recuerda que todos los sistemas operativos son distintos y que el mundo está lleno de personas amables que están dispuestas a ayudarnos con los retos de la vida. Si se alza la mano, habrá alguien que choque esos cinco.

Saludos,
El consultorio

Pues ya es lunes, digo y cuelgo la chaqueta de mi hijo en el ganchito del ranúnculo. Sí, no podemos librarnos, dice Maj-Britt. Están en la semana de la granja y tienen que emparejar los sonidos con el animal correspondiente. El viernes visitarán a las madres de Nor, que tienen un matadero en Herning. Mu, dice mi hijo. Creo que voy a ganar la copa de madres, digo y toco una trompeta invisible, hoy está el día para llevar ropa de lluvia y chanclas. ¿La copa?, pregunta Maj-Britt. Creo que le caigo bien, pero de una manera distinta a la de los demás padres, más como si yo fuera una indefensa solicitante de asilo a la que tiene que integrar en la sociedad danesa. Tienes un tomate en los calcetines, dice Ella, que es la niña más grande. Se te ve el dedo gordo, dice y me agarra el pie. No pasa nada, dice Maj-Britt, de hecho es algo moderno en algunas partes del mundo. Qué es moderno, pregunta Ella. Significa elegante, responde Maj-Britt. Se extiende por el cuarto un olor a papilla de fresas. Ojalá tú también pudieras cuidarme, digo y dejo la chaqueta en el banco de la cocina. Sí, sería estupendo, dice Maj-Britt y me da una taza de café. Me cuenta que hoy se van a la ría a la caza del tesoro. Me imagino cómo puedo impresionar a los demás niños respondiendo bien a las preguntas que nos guiarán hacia el tesoro. Por ejemplo, puedo nombrar a los siete enanitos de Blancanieves. Sabio, Gruñón, Feliz, Dormilón, Tímido, Mocoso y Mudito, digo y cuento con los dedos mientras los enumero. Muy bien, dice y estruja un babero en el lavadero. Todos ganamos, digo, nada de cartas que esperan respuesta ni editor hablando del espacio de la columna. Así tendría un mono de talla adulta, digo, quizá el de Winnie the Pooh y Tigger. Maj-Britt asiente. Así podría ir por ahí como una niña grande y cuando estuviera triste tú me podrías consolar, digo, acunarme con suavidad hasta que se me pasase. Mi hijo mira a la zumbante lavadora de su cuidadora y emite un sonoro gruñido. O también me puedo ir a trabajar. Mu, dice mi hijo y saluda, y pienso que hay algo imperativo en su entonación.

Krisser y yo estamos fumando delante del gimnasio y se me acelera la frecuencia cardiaca. Tenemos las mejillas rojas, pero estamos enfadadas porque acabamos de entrenar y no nos apetece movernos. Ya está, dice Krisser. Ya está, digo yo. Por lo general, nuestras conversaciones constan de frases cortas y, aunque Krisser es una de las personas con las que más hablo, no sabría decir sobre qué. Cuando nos bebemos los restos de las botellas que han sobrado en el hotel o tomamos cerveza en el puerto, más bien nos gritamos, berreamos y reímos como dos animales que acaban de sacar a la hierba después de un invierno en el establo. Solo se puede fumar cuatro al día cuando se está dando el pecho, dice Krisser, pero por otra parte es importante, si no los peques nunca se vuelven resistentes a las bacterias. Se lo ha oído a una asistente pediátrica de Struer que tiene los pies en el suelo. Cuando Krisser habla de la gente, la incluye en tres categorías. Lo peor es dar pena, luego viene tener los pies en el suelo y lo mejor es la gente maja. Noto una atracción enfermiza por entrar en esta última. Nos vamos a quedar delgadísimas, dice Krisser. ¡Nalgas de acero!, grito yo. La verdad es que mi sueño no es adelgazar, pero me gustaría disfrutar, y si Krisser hubiera dicho que nadásemos entre tiburones o que hiciéramos el inventario de productos de un supermercado, lo habría hecho sin pestañear. Como de costumbre, se me ha olvidado la toalla, pero Krisser ha empezado a traerse dos. No sé qué haría sin ti, digo y me seco la cara. Anda ya, dice Krisser y me da en el hombro. Las raras veces que le digo algo bonito siempre hace como si me estuviera burlando de ella, aunque estoy convencida de que sabe apreciar la diferencia. ¿Vamos?, dice Krisser. Sí, vamos, digo y me subo a su coche. Nos dirigimos a baja velocidad hacia Velling y paramos junto a la ría, sobre ella, en el cielo, los gansos están dibujando grandes letras. Lentas uves que se mueven hacia el sur, un desfile bajo las nubes como si estuvieran intentando hechizarnos. Guau, digo, ya ves, responde Krisser mientras los gansos vuelan sobre la tierra de las frases cortas.

Querido consultorio:

Soy un hombre de treinta y siete años que está en tratamiento debido a un abuso de alcohol que viene de hace mucho. Crecí en una familia con dificultades, pero al fin he conseguido romper con las malas costumbres que aprendí de niño. Mi mujer me ha apoyado durante el proceso, por lo cual le estoy profundamente agradecido, pero no tiene comprensión hacia los demonios contra los que lucho. Mi mentor en Alcohólicos Anónimos es una mujer de mediana edad que sabe exactamente por lo que estoy pasando. Durante el proceso, mis sentimientos hacia ella van creciendo y a ella le sucede lo mismo. Siento que mi alma gemela es ella, y no mi mujer, que siempre ha estado a mi lado. Estoy muy confundido y tengo un gran sentimiento de culpa.

Saludos,
El rompemoldes

Querido rompemoldes:

Por desgracia, las almas gemelas rara vez funcionan en una relación de pareja, aunque puedo entender la atracción. Personalmente, a mí también me suele atraer la gente que tampoco sabe cuidar de sí misma. Nuestras inquietudes se reconocen en el espacio, en la comunión especial que hay en saber que no se está solo a la hora de irse a pique a bombo y platillo cuando llegue el momento. Pero, querido rompemoldes, la suma de oscuridades entre dos personas no debe ser mayor que el amor y esto pone unas fronteras naturales a con quién se puede estar. Cuando me enamoro de la tristeza de otra gente y me mezclo con su locura, sé que tengo que huir lo más rápido posible. Créeme. Es lo mejor para todos.

Saludos,
El consultorio

La gente se para en el supermercado y hace sonidos extraños para tener contacto con mi hijo. Se ponen a nuestro lado y comienzan a hablar a través de él. Cómo te llamas, amiguito, qué rizos tan bonitos, ¿estás con mamá haciendo la compra? A veces contesto con una voz estridente de bebé y mi hijo me mira sorprendido, pero por lo general respondo de su parte de manera neutral como un ventrílocuo profesional. Él parece condescendiente, como si fuera parte del trabajo, pero de vez en cuando frunce el ceño, extiende sus gruesas mejillas y parece enfadado. Yo lo entiendo, debe de ser agotador que te hablen constantemente como si fueras una mezcla de mascota y adorno. Los primeros intentos de contacto van acompañados de anécdotas que tratan sobre los hijos o nietos del contemplador, la hija de su vecina, de la misma edad, un sobrino que también va a cumplir un año próximamente. La gente mayor me sonríe, se sonríen a sí mismos de jóvenes, sonríen a sus cónyuges, que están a mi lado moviéndose en el aire de manera invisible. Chicas jovencísimas se iluminan llenas de ideas vagas sobre un lejano futuro que se encuentra efímeramente en forma de cara de mi hijo. Hombres de mediana edad con niños medio grandes a los que pronto ya no se los podrá llamar niños notan la repentina nostalgia de un cuerpo que se puede lanzar al aire y volver a coger para oír una risa totalmente previsible. Son esa clase de sueños y recuerdos lo que viene en oleadas hacia nosotros y yo entiendo que por primera vez en mi vida soy alguien con quien los demás se pueden identificar. Que un niño nunca es solo él, sino todos los niños que han existido y que vendrán, que una maternidad no es de una, sino de miles de personas. De repente veo a Anders Agger detrás de un carro del súper. Va caminando despacio entre velas y servilletas. Lo sigo a unos diez metros de distancia, dejo que otros clientes se interpongan, un trabajador que va a paso rápido en dirección al almacén. Cuando se detiene absorto y deja algo en el carro, me paro yo también. Me quedo pensativa con una calabaza en las manos y voy alternando la vista entre ella y Anders Agger. Sueño con verle comunicando, un ejemplo en vivo de lo que, me imagino, debe de ser una conversación productiva al cien por cien. Por lo que puedo observar desde detrás de una columna junto al congelador, su compra parece políticamente correcta. Me acerco a la frutería y cojo una malla de naranjas ecológicas. Anders Agger le echa el guante a una lombarda y observa las hojas moradas y la pone con cuidado junto a sus productos. Pienso en si es del tipo de gente que la encurte o la rehoga con mantequilla y sal gruesa. Cuando se dirige a un empleado para preguntar dónde están las granadas, se me ocurre que a lo mejor la come cruda. Bien picada con gajos de naranja y trocitos de nueces. Una mujer le toca el hombro y dice que ha renovado el género documental. Él parece feliz, aunque piensa que es una exageración. Una se siente como una persona del montón, dice. Busco pistas de cansancio en el rostro de Anders Agger, pero no encuentro ninguna. Le pregunta a la mujer por su vida, y es pedagoga, pero en su momento soñó con ser piloto. Podrías hacer un programa sobre eso, dice riéndose. Una familia con niños y un puesto de degustación se interponen entre nosotros y no veo cómo Anders Agger se libra de la charla. Cuando paso por delante de la embelesada y sonriente piloto-pedagoga, está escribiendo un mensaje con los dedos moviéndose a toda rapidez. En las cajas, Anders Agger elige la fila que está al lado de la mía y observa el contenido de mi carro, que, a excepción de la *pizza* congelada, es idéntico a su compra. Me mira algo asustado y pone una cajita de bombones al lado de la futura ensalada de col. Pues ya es viernes, digo intentando sonar alegre. Anders Agger asiente y dice que no podemos librarnos. Mi hijo está mirando embobado la cinta rodante y no me ayuda para nada. Me vuelve loca la ensalada de lombarda, le digo en alto a la cajera y tarareo mientras meto la compra en el bolso. Bueno, suerte con la col, dice Anders Agger al pasar a mi lado con sus bolsas. Partir por la mitad y luego cortar, digo. Abrocho a mi hijo en la bicicleta y cuelgo las bolsas en el manillar. Anders Agger saluda cuando pasa a mi lado en su camino hacia la carretera de Herning y me da tiempo a memorizar el número de la matrícula.

Mu, dice mi hijo, como si fuera una conclusión a la que acaba de llegar. Los tonos ascienden y descienden y pueden expresar una maraña de complejos sentimientos. Me despierto por las mañanas y oigo una clara voz haciendo múes que viene de su cuarto y pienso en ello como el preludio del día. Mi vida es una sinfonía de ruidos de vaca que me siguen dondequiera que voy. Muuuu, grita mi hijo eufórico y señala el molino de viento. Mu, susurra perplejo en el comedor cuando los alumnos le preguntan cómo se llama. La directora lo coge en brazos y lo lleva hacia la estatua. Grundtvig, dice y señala. Mu, dice mi hijo serio y estira la mano hacia la nariz de piedra. Quiere jugar con la batidora, el bello y susurrante metal que destella con la luz de la lámpara de la cocina. No, digo. Muuuu, grita como un obsesionado y loco toro en celo. Viene a gatas hacia mí con la cabeza gacha y da cornadas al aire, señala la batidora, se tira al suelo. El llanto aumenta en ritmo e intensidad. Mumumu, solloza y le caen las lágrimas por la mejilla, muuuu. Por la valla junto al Puente Rojo sus manos empiezan a moverse en el aire, las piernas son dos baquetitas y él señala y ríe. Quiere gatear entre las patas de las vacas, tirarles despacito de la cola, darles hierba y dientes de león, notar sus ásperas lenguas en las manos. Quiere ser parte de su gran coro, mugir por los campos, la llamada de diez mil vacas rompe las olas del mar del Norte. Tiene que seguir aprendiendo el alfabeto, dice mi novio, que ha leído un libro sobre entrenamiento vocal. Lo intentamos con todo. Perros, gatos, ratones, ranas, pájaros, leones, osos. Nos ponemos de acuerdo para coger un animal cada vez. Qué dice una oveja, pregunta mi novio lentamente. Mu, dice nuestro hijo y nos mira como si fuéramos imbéciles. En un prado a las afueras de Stauning vemos un rebaño de ovejas y pasamos allí varios fines de semana. Nos llevamos comida y caminamos de acá para allá a lo largo del redil. Compramos un papel higiénico caro y suave con corderitos, una gran oveja de peluche. Beee, decimos alentándole con dulzura. Mi hijo frunce el ceño y parece que no nos perdonará nada cuando un día esté en el diván de un psicólogo pensando en su infancia. Mu, dice y pone los ojos en blanco.

Querido consultorio:

Soy un profesor de instituto recién licenciado que acaba de comenzar en su primer trabajo de verdad. Como fui pronto al colegio y no he hecho parones en mi formación, solo tengo veinticinco años, lo cual significa que estoy muy cerca de los alumnos en cuanto a edad. Comentan mi apariencia, especialmente en las cervezas de los viernes, y yo lo encuentro bastante desagradable. Fui modelo y me gusta cuidarme, pero ¿he de tomar alguna precaución en esta situación? Soy tutor del último curso de bachillerato y especialmente una de las alumnas me busca cuando se emborracha. Aunque es guapa y está dotada, no está bien. ¿No?

Un saludo del tutor

Querido tutor:

Es un fastidio que una bonita apariencia ponga trabas a las profesiones de la gente. Cuando estaba embarazadísima, tenía una profesora de autoescuela que se llamaba Mona. El problema con ella era bastante banal: estaba demasiado buena para su puesto, ni más ni menos, y yo no era la única que estaba metida en ese desafío. Los sudorosos adolescentes que venían conmigo a las clases teóricas tampoco podían concentrarse en sus diapositivas. Hablaba con un acento jutlandés tan fuerte que hacía que mi acento de Århus pareciera de Copenhague, lo cual no es poco. Cuando repetía lo de la incondicional obligación de ceder el paso, nosotros babeábamos e intentábamos impresionarla con nuestro conocimiento del código de circulación. Mona tenía el pelo casi naranja y, aunque a mí no me gusta ese color, me volví adicta a él. Siempre había una conexión con los tonos de su ropa y no es exagerado decir que brillaba. Mona era Pippi Calzaslargas en su caballo, enormes ramos de dalias naranjas, y su sonrisa, unos intermitentes en la noche. Los alumnos de la autoescuela se sentaban sin aliento a su lado en su BMW mientras ella comía caramelos rayados y leía en alto mensajes divertidos que le habían mandado sus amigos. Yo estaba en la mitad del noveno mes y me iban aplazando el examen, que parecía estar alcanzando el día que salía de cuentas. Eh, Hipopótamo, si te da por parir en mi coche, lo limpias tú, gritaba Mona y me abría la puerta cuando iba andando como un pato con mi gran tripa. Querido tutor: una tierra llana puede parecer una oportunidad inesperada y el horizonte, infinito. No lo es. Ten cuidado con la carretera. Un BMW no es un paritorio y un aula no es una discoteca. No se liga con las alumnas y no se da a luz en coches ajenos.

Saludos,
El consultorio

Salgo del edificio de la estación de Skjern. Está lloviznando e incluso las casas parecen planas. Mira, digo y señalo a un edificio raro. Parece una obra posmoderna de finales de los ochenta y estoy como si hubiera fumado maría. El edificio principal es una cosa intermedia entre amarillo pálido y *beige* descolorido, mientras que el ala del otro lado es sencilla, moderna y podría albergar oficinas públicas con funcionarios estresados. Una extraña torre sobre la entrada principal se dirige hacia las nubes, pero una marquesina marrón que parece la capota de un carrito de bebé la empuja hacia el suelo. A cada lado, con un cariño simétrico, están situados dos ojos de buey que observan la estación como si quisieran vigilar a los visitantes. El batiburrillo es total y me sugiere la idea de un arquitecto borracho que fue sustituido por otros igual de borrachos pero con ideas distintas. La corona del edificio es una larga aguja que desaparece en el cielo. Estoy estupefacta, le digo a mi hijo, que está babeándome encima. Krisser sale corriendo por la puerta giratoria con Vera en brazos. Nos sentamos en el restaurante y un par de gemelas de unos dieciocho años están cuchicheando en la puerta de la cocina. Son Pia y Maria, dice Krisser y señala. Al revés, dice una. Es del grupo de madres, dice Krisser y me señala. Las gemelas saludan a la vez y por sus rostros pasan las sonrisas como si fueran un tren de alta velocidad. Creía que éramos amigas, le digo a Krisser tras habernos sentado. Anda ya, dice y me da en la espalda, se puede ser ambas cosas. Cuando llevamos unos minutos sentadas, Krisser hace un gesto con las manos. Como a cámara lenta, Pia y Maria cogen sendos menús y caminan hacia nuestra mesa. Yo pido una Fanta, pero Krisser solo va a tomar agua con gas. ¿Con o sin limón?, pregunta Pia y baja la mirada a su libreta. Ha sonado como si me estuvieras preguntando si quiero que me entierren o que me incineren, dice Krisser, ¿tan mala es la vida? Las gemelas se miran y niegan con la cabeza. La mano de obra no cae del cielo, dice Krisser cuando Pia y Maria se han ido a la barra. Una sujeta el vaso y la otra pulsa un botón que hace que el agua salga a chorro de una máquina. Cuando Krisser compró el Hotel Skjern fue tanto un manifiesto como un sueño de emprendedora. Fue una idea que creció y, cuando se sentó en el banco con estrellas en los ojos, a los asesores les dieron ganas de prestarle a Krisser un montón de dinero, todos querían subirse a su alfombra voladora. Cuando contrató al chef, este le enseñó un largo e impresionante currículum que tiró a la basura. ¿Puedes hacer un esfuerzo, preguntó, y preparar un café *latte* sin quemar la leche? Sí, contestó y la miró a los ojos y, como todos los demás que miraban a Krisser, deseaba satisfacerla. De una manera totalmente instintiva dan ganas de que Krisser esté bien porque es lo más sencillo para todos, pero también porque se le coge cariño rápidamente. Atravesó como un torbellino la cocina y dio órdenes a todos los empleados. De un modo extraño, hizo que sonaran a cumplido y ellos dijeron: sí, Krisser, por supuesto. Habían construido una planta extra para el hotel, venían huéspedes de toda Jutlandia y en verano ella les enseñaba la zona. Hacía excursiones a la reserva natural de Skjern Enge y los llevaba en ferri de cable por el delta del río. En aquel paso fue donde en mil quinientos trece el rey Hans se cayó del caballo. Murió poco después, fue la pulmonía más funesta de la historia de Dinamarca, dijo Krisser. *Was gefällt*, preguntaron los turistas y fotografiaron el viejo mirador. *Pferd, Fluss, tot*, dijo Krisser, *gross König*. Asintieron y alzaron la vista, Krisser estaba señalando un águila marina como si ella misma hubiera creado el pájaro y lo hubiera puesto en el cielo. A los nueve meses, pidió obras de arte para las habitaciones nuevas. Nada de colorines, dijo Krisser y afirmó que fue Poul Pava quien le provocó el parto. No somos más que niños, ponía con letras de imprenta mayúsculas en un cuadro hecho con pintura acrílica que su marido había colgado en la *suite* nupcial. En él aparecía dibujado un cerillero que sonreía desenfrenado al huésped. Karsten, gritó Krisser, ya, se acabó la fiesta. Cuando llegó su marido, rompió aguas. Qué pasa con los pintores impresionistas de Skagen, Krøyer, Ancher, Tuxen, hay tantas opciones. Llama a Theis, dijo Krisser jadeando, y su marido cogió el teléfono. Desesperado, se puso a mirar los carteles enmarcados y Vera llegó al mundo veinte minutos después en la habitación doscientos once. Y justo debajo de Poul Pava, dice Krisser y sonríe a su hija.

Imagínate que nos vamos a recoger setas, digo, nunca lo he intentado. Coger, dice Sebastian, las setas se cogen. Damos una vuelta por la tienda Forundringens Have, el jardín de las maravillas, y miramos al suelo mientras las bandadas de pájaros surcan el cielo lentamente. Champiñón silvestre, rebozuelo, trompetas de los muertos, murmura Sebastian. Nuestros niños están sentados bajo una conífera untándose las caras con barro. Para Sebastian, mudarse al campo ha sido una revelación y por el momento tiene la idea de acabar siendo autosuficiente. La verdad es que la gran mayoría de las cosas de la casa las puede producir uno, dice, solo la fantasía pone límites. Pasta de dientes, champú, papel higiénico, digo. Sebastian hace un gesto de rechazo con las manos y su sonrisa es amplia y está desenfocada, como si no se dirigiera a nadie en especial, sino al mismísimo mundo. Eres compositor, digo, no sabes nada de agricultura. Sebastian opina que llevamos en lo más profundo un conocimiento sobre la naturaleza y que el resto se puede estudiar. Nos sentamos en un tueco y doy un bocado a un bello hongo que cojo del suelo. No te lo tragues, grita Sebastian y me golpea entre los omóplatos mientras me mete los dedos en la boca. Es una amanita maloliente, grita, te puedes quedar sorda y ciega. Cuando estoy escupiendo en el suelo, viene corriendo la hija mayor de Sebastian. ¿Quieres ver mi espectáculo de baile?, pregunta y me da con fuerza en el hombro con un dedo. Es imposible interpretar la pregunta como algo que no sea una amenaza, así que asiento y me subo a mi hijo a hombros. Vamos hacia su casa y Alba se pone un vestido de tul verde fosforito y señala un sofá en el que nos tenemos que sentar. Sebastian me ofrece un vaso de kombucha y parece cansado. No, gracias, le digo, parece orina mañanera. Micrófono, grita Alba y su hermana pequeña se mete a gatas debajo de la mesa y coge un cepillo del pelo. Amo a las niñas de Sebastian porque están creciendo ante mis ojos. Porque mean en la misma piscina hinchable que mi hijo y crecen, ríen y se ponen tontas con el mismo ritmo irregular. Las estreeeeellas respiran en el cieeelo, canta Alba lo más alto que puede y da vueltas sin parar. Yo me mareo y Sebastian observa a su hija con una mirada vacía. Cuando estaba embarazada, la gente me decía que se hacían nuevos amigos al tener hijos, pero yo rechazaba esa idea categóricamente porque pensaba que era una manera convencional de pensar. Antes de ser madre no era tan fantasiosa como para imaginarme la fuerza que tiene la maternidad, pero está en línea con otras aficiones que se cultivan a lo largo de la vida de forma maniaca, entusiasmada e indigna. Cuando se tiene hijos, se entra en un club y es exactamente lo mismo que ser fumador. Ambos abandonan la fiesta juntos, salen al frío, se juntan más de lo necesario. Se miran conformes justo antes de encender y saben con precisión cómo está la otra persona. Estratos sociales, filiación política, edad y sexo se disuelven en una pasión común conocida por dejarte cansado, feo y viejo antes de tiempo. Se sabe que es una tontería imperdonable, pero de ningún modo se puede prescindir de ella e incluso se sopesa cuándo vendrá el siguiente. Esa experiencia común será una unión surgida de un amor salvaje e ilimitado que antes se dirigía hacia los ídolos deportivos y las estrellas pop. Ya se ha acabado, tenéis que aplaudir, grita Alba.

Canción otoñal sin viento
Canción de cumpleaños

Melodía: *Sov sødt, barnlille* (Que duermas bien, pequeño)
Compositor: Thomas Laub, 1915

Ahí la bandera
giran los planetas
alegres están
un año haces ya
tranquilo en la cama durmiendo
mi niño en la red
del sueño otra vez
das vértigo ahí tan pequeño

Del campo una vaca
entró en el arca
ni un ruido soltó
y a bordo subió
miró hacia el río un segundo
tú muges igual
muges sin cesar
un ternero se embarca en el mundo.

Y mientras da el sol
en tu alfombra, mi amor
tú no paras de
crecer y crecer
y muy concentrada te miro
digo con rapidez

que siempre amaré
lo que eres, serás y has sido

Reímos, mugimos
del tiempo huimos
el dios de la niñez
te va a extender
como anillos del tronco de un árbol
libre tu voluntad
furia sin piedad
una fuente de mocos y llanto

Pero el amor
que a la paz llamó
muy poco requiere
y a menudo se crece
y siempre está bien dispuesto
saben los papás
que hay un lugar
que recuerda a la pena y al miedo

Y ahí la bandera
los molinos dan vueltas
el heno feliz
solo para ti
espero que te tumbes sereno
cumpleaños feliz
te deseo a ti
recuerdos y días muy bellos.

Los profesores de autoescuela tienen su propio reino, una parrilla entre Videbæk, Spjald y Ringkøbing. Nos vemos en la Sede Central, gritan cuando se encuentran entre el tráfico. Hacen la señal del perrito caliente y quedan por la tarde, en cuanto el último alumno ha salido del coche. Son detectives rodantes, conocen las tiendas y hasta el menor adoquín de las calles peatonales. Se fijan en los trabajos viales y en los límites de velocidad provisionales y nada se escapa a su visión de profesores de autoescuela. En la Sede Central hay una pequeña mafia intercambiándose noticias del espacio público entre salchichas asadas, envueltas en beicon, *frankfurt* con pan. Mi profesor me ha llevado a que me comprara un bocadillo de cerdo asado. Nos sentamos a su tertulia y él respira hondo. No es porque no me caigas bien, dice, no se trata de ti, sino de mí. Mi profesor se rasca el cabello y murmura algo de que simplemente necesita un cambio. Parking-Peter dice que no debe de ser algo secreto que se turnan para darme clases. Facilona, le dice Mona y da un bocado a su perrito caliente. Noto un pequeño resto de lombarda en la mejilla y el surfero me da una servilleta. Mona perdió, dice y le da mi carpeta con el recuento de horas, pero ya os conocéis. Me limpio la boca. Esto se está alargando, Hipopótamo, dice Mona y coge las llaves del coche. Fuera, junto a su BMW, nos fumamos un cigarrillo. A veces nos jugamos a los dados a los alumnos cuando acabamos la jornada, dice, bueno, a los que se salen de la norma. Está claro que los alumnos longevos son ingresos seguros, pero también es cansado. Solo para decir las cosas como son, dice Mona. Mis profesores se han ido relevando de forma desesperada desde que aprobé el teórico. Al principio siempre va bien. Al poco tiempo me sé los nombres de sus familiares y mascotas. Oigo hablar de cómo es crecer en provincias, el acceso al colegio y matrimonios, escarceos y recuerdos de infancia. Los profesores de autoescuela se convierten en una novela y yo siempre tengo ganas de escuchar el capítulo del día. No tardo en olvidarme de que es una autoescuela, el tráfico se convierte en un extraño pretexto y las clases continúan. Entonces les empieza a divagar la mirada y cada vez son más impacientes. Destruyo la psique de mis profesores. Hiero su orgullo profesional cada vez que entro en sus coches. Al final, mi sola presencia les recuerda a la derrota, los obliga a preguntarse si su vocación era falsa. Los golpea la inseguridad y se extiende a toda su existencia. ¿Es el matrimonio adecuado, los niños adecuados, la vida adecuada? Si los pensamientos no se expanden como anillos en el agua hasta que uno no empieza a dudar, a la larga no se puede explicar nada. Se intuye un patrón, dice Mona, y me doy cuenta de que me despide gente que he contratado yo. Me habla de que el surfero está de baja por estrés, es un friki del control y le cuesta asimilar la derrota. Es decir, a mí, digo, y ella asiente. Pero siempre ha sido un poco así, dice Mona, que me provoca un cierto malestar gramatical, ya que rara vez completa sus frases. Un poco qué, digo. Un poco así, ya sabes, dice y se toca la sien con el dedo índice. Me sonríe con una mirada erótica, con sus ojos grises, tan bellos a juego con las playeras doradas. Recuerda soltar el embrague despacio, dice antes de que el coche se cale. Despacio, dice, y después, gas. Se sube las mangas de la rebeca y descubre dos antebrazos que parecen el túnel de Vejlby-Risskov por el que iba de camino al colegio. Sus tatuajes representan gatos en distintos matices, sonriendo terroríficamente con rayas simples. Tienen el pelo anudado, saltan, comen *cupcakes*, llevan capas de superhéroe y sombreros altos. Hello Kitty, digo. Exacto, dice Mona. Ella enciende la radio y yo le pregunto cómo está. Es como si la agarrases, dice y abre un paquete de chicles de nicotina con un movimiento abrupto. Agarrar qué, pregunto. La vida, contesta Mona. Ha reducido la cantidad de cigarrillos y reconoce que es un hueso duro. El surfero levanta la mano desde el interior de la Sede Central. Es difícil saber si está saludando o está chocándola al aire, pero le ha vuelto el color a las mejillas.

Mi novio y yo estamos en una fiesta en una carpa del campo de deportes de Velling. Van a elegir al habitante del año y estoy escribiendo el nombre de la directora con mayúsculas y dibujando un corazón alrededor. El tendero está con otros dos hombres dentro de una jaula en medio del césped. Por qué, digo y meto el dedo entre los barrotes. Estamos haciendo una colecta para un nuevo pabellón polideportivo, dice. Va a ser un anexo a la escuela privada, pero lo podrán aprovechar todos los grupos de la sociedad del lugar. Será la respuesta de Velling al Boxen de Herning, dice el tendero y cuenta que originalmente era Dorthe quien estaba en la jaula. Qué hizo, pregunto. Es madre de tres hijos, dice el tendero, y la idea era que no saliera hasta que la recaudación rondase el medio millón de coronas. Sus hijos vinieron y pegaron dibujos en los barrotes, una noche incluso se la oyó en el campo de fútbol cantarle nanas al más pequeño, que estaba delante de la jaula con su osito de peluche. La gente se quedó impresionada, dice el tendero, Dorthe tenía que salir y Velling sabía lo que quería. Los agricultores visitaban las granjas de los demás, la dirección de la escuela convocó una asamblea extraordinaria e incluso Foot and Face puso dinero. Recaudamos casi trescientas mil y Dorthe salió con la condición de que fuera el comité de festejos quien se encerrase en su lugar. Los tres hombres están bebiendo cerveza y riéndose. Del aposento de doncellas a la leonera, dice el tendero. Al lado del barril de cerveza está Krisser con su marido. El párroco está hablando del precio de las cafeterías de Ringkøbing, treinta y cinco coronas por medio litro de agua con gas. Miro las pupilas de Krisser, que van enrojeciendo lentamente. El párroco dice que en el súper se puede comprar un litro y medio por ocho coronas. Karsten siempre se lo recuerda a Krisser. Que tiene que dejar de hablar del hotel cuando ha bebido. ¿Te gustaría ir al súper a tomarte tu agua con gas?, pregunta Krisser. Entre los estantes, hace una pausa, o quizá en el congelador. No, dice el párroco y parece confundido. Krisser abre los ojos y finge estar muy sorprendida. Ah, vale, dice despacio, quieres sentarte en un sillón de mimbre en la plaza, quizá bajo el sol. El párroco asiente y se recoge el canoso cabello en una coleta. A beber agua con gas en un vaso, quizá con una rodaja de limón, ¿no sería estupendo?, dice Krisser con dulzura. Sí, murmura el párroco y mira a su alrededor buscando al consejo parroquial. Krisser sonríe de una manera que hace que me recorra la espalda un escalofrío. No coges tú el vaso de la cocina de la cafetería, ¿no?, susurra Krisser. ¿Cómo?, pregunta el párroco y se acerca a ella. Digo que las cosas cuestan dinero, grita Krisser, que en el mundo nada es gratis. Karsten le acaricia ligeramente la espalda. De repente llega el alcalde con un enorme sobre bajo el brazo. La directora regula el micrófono y sube con el regidor al escenario. Repite conmigo, rabia Krisser, alquiler de la casa, sueldos, inventario. El alcalde carraspea y dice que hay buenas noticias para Velling. La afirmación viene seguida de una pausa artificial tan larga que solo la soportan los hombres de mediana edad. Quiere desvelar el resultado de la colecta y alarga la posibilidad de que los tres hombres salgan pronto de la jaula. La gente golpea las manos contra la mesa creando un remolino tamboril común.

Seguros, anuncios, impuestos, oigo al párroco repetir a mi derecha. Resulta que en dos semanas han recaudado ochocientas mil coronas para el nuevo pabellón. El IVA, grita Krisser, y la gente se levanta y aplaude. El ambiente es de euforia. Se abre la jaula, salen los tres hombres y se colocan en el escenario cogiéndose de los hombros. La ovación no quiere acabar y ellos hacen una reverencia tras otra. El crepúsculo otoñal se posa alrededor de la carpa y hace que Velling parezca un paisaje mitológico. Bebemos cerveza y bailamos *boogie-woogie* y nos ponemos en círculo. Cantad para que os oigan hasta en Ringkøbing, grita la directora, que está subida en la barra con un micrófono en la mano. Somos de Velling, somos de Velling, olé, olé, olé, vociferamos frente a la ría, que responde con su pausado suspiro.

Querido consultorio:

Soy de la clase de gente que piensa mucho en los demás, al contrario que mi marido, que es de los que piensan en sí mismos. Tenemos varias discusiones sobre nuestros valores y no estamos de acuerdo en cómo vamos a educar a nuestros hijos. ¿Qué puedo hacer para cambiarlo?

Muchos saludos de la considerada

Querida mártir:

¿Sabes la gente que suele contar qué tipo de personas son? Nunca son lo que se creen. Cuando la gente se define, solo desvela sus mayores deseos o los miedos más profundos. Nunca hay que tener confianza en instituciones que se investigan a sí mismas. Agentes de la Policía interrogados por amigos, investigadores que citan artículos propios. Querida mártir: habla bien de tu marido, todos tenemos una responsabilidad cuando hay que llegar a un punto en común. Solo porque no te veas no quiere decir que seas invisible.

Saludos,
El consultorio

Qué mosca te ha picado, pregunta Bent, que está saliendo por la puerta cuando yo entro en la casa con mi hijo en brazos. Digo que vivo en una escuela y que estar rodeado de personas que viven en el mundo de la piruleta provoca daños permanentes. Mi pesimismo es instintivo, digo, se trata de mantener el equilibrio en el cosmos. Cuando se reúnen todos los alumnos es como un ejército de camino a la guerra, va con paz y amor por bandera y nadie lo puede parar. ¿Tú no te cansarías?, pregunto. Sí, dice Bent y saluda a mi hijo, que está intentando agarrarle la bufanda. Desde un punto de vista teórico creo en la comunidad y en esos bellos valores, digo y me siento en el banco de la cocina, pero puede parecer que me esquivan. Mu, dice mi hijo y estira los brazos hacia su cuidadora. Maj-Britt ha hecho bollos verdes y me pone delante un plato con dos mitades. Guau, digo y doy un bocado. Le pone a la masa colores frutales porque los niños piensan que es divertido. Tampoco es malo, dice Maj-Britt. Opina que la ropa térmica de mi hijo está en las últimas y se pone a darle brillo con el pincel a una salchicha azul. Cada vez que entro por la puerta tengo la sensación de haberme olvidado el guion. Di algo normal, pienso, algo neutral. Maj-Britt cuenta que después van a ir al gimnasio. Espaldera, pienso, flexiones, cuerdas, balón prisionero. Desde que tenía diez años alegaba que tenía la regla para librarme de la clase de Gimnasia, digo y echo café en la taza que tengo delante. Vaya, exclama

Maj-Britt y mete una bandeja en el horno. Me llegó con doce años, explico, pero para un profesor de Gimnasia es difícil demostrar esas cosas. Ahora mis palabras son imparables. Siguen y siguen, como una refriega de la que es imposible escapar, mis labios se mueven arriba y abajo como una máquina de coser y todos mis pensamientos se transforman en palabras sin signos de puntuación. El cerebro intenta mandar señales a la laringe, el foco de mi desdicha. Continúa con avisos a las cuerdas vocales que se repanchingan con alegría en la tráquea. En pleno pánico, cuando lo demás no obedece, llama a la nariz y a sus agujeros, es increíble lo mal que se le da a mi cuerpo colaborar. Debe sucederle lo mismo a la gente que es infiel reiteradamente, a lo mejor es que no pueden controlar sus órganos sexuales. En cambio, en eso soy disciplinada, le digo a Maj-Britt, en cuanto noto que la lujuria invade mi cuerpo, cierro los ojos y pido un coche. Un taxi, tres hamburguesas con queso y luego a casa a dormir. Sí, ninguna se ha quedado embarazada por eso, dice Maj-Britt.

La directora y yo vamos al Foot and Face de Velling. Ella va a hacerse los *foot* y yo lo intentaré con la *face*, porque odio que la gente me toque los pies. El propietario de la casa me dio una tarjeta regalo cuando nos mudamos, además de una maceta. El tratamiento era para un *foot*, que es ligeramente más barato que la *face*, pero daría lo que fuera por evitarlo. ¿Suena desagradecido intentar cambiarlo por *face*?, le pregunto a la directora. Creo que *foot* no es lo que te imaginas, dice ella, que lleva yendo muchos años. ¿Dijiste que venías con una amiga cuando pediste la cita?, le pregunto cuando cruzamos las vías del tren. No, dice, dije que venía con mi vecina. Le pregunto si no somos amigas. Los vecinos son más importantes cuando se vive en el campo, explica. La directora empieza a hablarme de Theis y su mujer, que se puso de parto en mitad de la noche mientras tenían el coche en el taller y Taxi-Helle estaba de vacaciones. Su sustituta estaba en Bur, pero quedaba el vecino. De hecho, la mujer de Theis tuvo al primero en su Skoda, fueron padres delante de la parrilla de la carretera de Brejning. La segunda vez ocurrió exactamente lo mismo, solo que esa fue en su propio coche. En la tercera llegaron hasta Vorgod-Barde, pero Theis había ido depurando su técnica de agarrar niños. En el banco en el que trabajaba empezaron a llamarle comadrona. Llama a Theis, grita la gente cuando alguien rompe aguas en Velling, es casi un modismo, dice la directora, que usa historias del pueblo para salir de toda situación comprometida. Pues estaba segura de que éramos amigas, digo. Creo que lo seremos, tengo buenas vibraciones, dice ella y me coge del brazo.

Querido consultorio:

Soy una chica joven que va a terminar el bachillerato en verano. Mis padres son jefes en Vestas, pero yo quiero ir en otra dirección totalmente distinta y mi sueño es estudiar Historia de las Ideas. Cuando intento hablarles de los filósofos a los que leo, mi padre y mi madre ponen cara de estar hartos y cambian rápidamente al tema de la energía eólica. Es como si cada uno viviera en su planeta y siento que no podemos alcanzarnos. Discutimos mucho de política y de nuestros distintos valores y he pensado en cortar el contacto con ellos cuando me mude a Copenhague o verlos solamente en Navidad. ¿Crees que esa es la solución?

Atentamente,
La oveja negra de la familia

Querida oveja negra:

Dejemos una cosa clara. Es completamente posible querer a gente que no nos cae bien y este fenómeno se ve especialmente en la familia más cercana. Nacemos en un relato en el que no hemos pedido estar y nuestra vida es una decisión brutal que se tomó sin consultarnos. El vínculo de sangre no es un lazo de seda rojo, es una comba gastada, un cordón umbilical que nos ata de pies y manos. Las penas familiares rara vez se terminan, porque en realidad nunca dejamos de tener esperanza y siempre queda perdón en el corazón. Cuando se quiere a alguien con el ciego amor de los instintos, casi es indiferente lo que hagan, lo que tiene significado es quiénes son. Queridísima oveja negra: sé que no es consuelo, pero piensa en el amor como si fuera una polilla despistada. Un desesperado baile de alas en las llamas de los braseros. El fuego la quema, una repentina brisa apaga el fuego, pero poco después vuelve a bailar en la luz y hace lo mismo una y otra vez y así seguirá.

Saludos,
El consultorio

Veo el coche de Anders Agger en la biblioteca y aparco mi bicicleta al lado. He pedido un libro sobre disfraces, le digo a la bibliotecaria, que niega con la cabeza a modo de lamento y no encuentra mi nombre entre las reservas. Anders Agger camina entre las estanterías de la sección de literatura técnica y me imagino que estará buscando libros para una investigación. No lo entiendo, digo y hablo un poco de los disfraces de esqueletos. Él se detiene y mira por la ventana, la ría está preciosa ante su mirada, como si se insinuase, como si solo existiera para él. La bibliotecaria mira la pantalla una vez más. Pues ya es Halloween, digo cuando capto la mirada de Anders Agger. Él asiente y la bibliotecaria observa con insistencia una montaña de libros puestos en un carro. Anders Agger baja a la K y se acerca a la sección infantil. ¿Quieres ir a jugar?, le digo en alto a mi hijo, que se ha quedado dormido en mis brazos. A lo mejor es un poco pequeño, dice la bibliotecaria, pero yo ya estoy yendo hacia unos ábacos gigantes. Cojo un ejemplar de *Ronja, la hija del bandolero* y me pongo a leer en alto cuando me empieza a vibrar el teléfono. Estornudo antes de hablar. Siempre estás mala, dice mi madre. No, digo, estoy mala tres coma cinco veces al año, como cualquier otro danés medio. Mi madre lleva veinte años sin ponerse enferma. Le recuerdo lo de las piedras en el riñón en dos mil cinco. Ella no cree que a eso se lo pueda llamar enfermedad, porque esas cosas le pueden pasar a todo el mundo. Piensa que es horrible que yo haya heredado el umbral del dolor de mi padre además de tener también su pésimo sistema inmunitario. Dos cualidades tristes que se refuerzan una a la otra, dice mi madre. Cuando suma, mi madre cree que empleó la mitad de su matrimonio en una farmacia y el resto del tiempo en el hospital. Casi fue igual de duro para mí, porque soy muy empática. Fui testigo mensualmente de las experiencias cercanas a la muerte que se activaban debido a un resfriado. El umbral del dolor de mi madre es muy alto y ella se pone a hablar de cuando nací. Fue como pelar almendras, dice mi madre. Mi padre suele carraspear si está cerca. Almendra y almendra, dice. Tu padre es muy sensible, casi lo tuvieron que sacar del paritorio, cuenta mi madre. Estuvo fuera fumando, digo. Fumando sin parar, añade mi madre.

Voy a la misma autoescuela que Malte, que es alumno del curso de Escritura de mi novio, y de vez en cuando compartimos clases. Malte está perdidamente enamorado de Mona y ese es el tema de la mayoría de sus poemas, aunque camuflado entre otras personas y temas. Estamos sentados en el Toyota verde metalizado de la directora practicando la salida en caminos de grava. Dos caballos levantan la cabeza y dejan de masticar cuando paso delante del centro hípico. Mira a la carretera, dice Malte, y cambia de marcha. Saca el teléfono del bolsillo y sonríe. Mira deseoso el me gusta que Mona acaba de darle a la foto de un Tesla. Le pregunto qué ha hecho el fin de semana y me cuenta que le han puesto una multa por hacer un grafiti en unos almacenes abandonados. Un grafiti no le hace daño a nadie, digo, vosotros esforzaos con los temas y dejaos de frases de filosofía de bolsillo. Malte dice que son más bien citas de poemas y dibujos de animales. Yo pasé varios años dando vueltas en bici escribiendo *carpe diem* en distintos túneles de Århus, digo, esas cosas son innecesarias. A Malte le gustaría ser artista, pero dice que está escrito que tiene que hacerse cargo del estudio de arquitectura de su padre. Digo que se pueden combinar ambas actividades, que gran parte de los miembros de Pink Floyd eran estudiantes de Arquitectura y se conocieron durante una planificación urbanística. Qué es Pink Floyd, pregunta Malte. Pongo el intermitente, me echo a un lado, abro la guantera y pongo un CD.

Wish you were here es una buena manera de empezar, digo. Mi padre se remueve en mi interior y noto los doce años de diferencia entre Malte y yo como si fueran un muro de Berlín. *Shine on you crazy diamond*, digo, cierra los ojos y siente la música. Malte echa un rápido vistazo al teléfono. Te lo robo, digo y lo tiro al asiento trasero. Escucha la letra, propongo y subo el volumen. No cantan, dice Malte y bosteza. La introducción dura ocho minutos y medio y pienso que parece impaciente. Tú escucha cómo se expande la música, le ordeno y prometo mandarle unos enlaces. Malte se estira hacia el asiento trasero a coger el teléfono. *Okey*, murmura y abre la puerta. Se dice vale, digo.

Querido consultorio:

Soy un hombre de mediana edad que tras una dura época en el trabajo está de baja por estrés. Me paso los días sentado mirando el césped del jardín. Aunque cada mañana crece un poquito, no encuentro qué beneficio tendría cortarlo. Llevo ocho meses con mi actual novia. Es muy atenta y me deja el espacio que necesito, pero me siento muy culpable. Cuando nos conocimos, yo era fuerte y enérgico, pero ahora ir al supermercado es un proyecto insuperable. Mi idea no es que vaya ella, pero quizá tenga que dejarla por su bien y hacer lo que recomienda Sting: If you love somebody, set them free, *Si amas a alguien, déjalo libre.*

Un saludo,
El pesado

Querido pesado:

Como a mucha otra gente, me gusta quedarme en la borda cuando voy en barco. Me he fijado en que la mayoría de los que miran directamente al mar efervescente se agarran a la barandilla como si algo los fuera a succionar. Creo que hay dos tipos de personas en el barco de la noche. Los que tienen miedo a caer y los que tienen miedo a saltar. Si hay algo que me puede volver paranoica es la confianza de otra gente, me dan ganas de defraudarlos lo más rápido posible simplemente por acabar de una vez. Cuando hace diez años mi novio se enamoró de mí, sentí un pinchacito de compasión. Le miré a los brillantes ojos y pensé: te vas a arrepentir. *Big time*. Su amor es imprudente e indefenso e incluso en medio de mi locura me mira como a una catástrofe natural que no abandona a su suerte a todo un continente. Querido pesado: no escuches a Sting, ya que salta por la parte más baja de la valla. La tarea más importante en una relación de pareja es reprimir el odio a uno mismo. Lo bueno del amor de las parejas es que reciben nuestras penas como si fueran pequeños regalos. Dan las gracias y se las llevan consigo como si fueran su propia oscuridad. Así de maravillosa puede ser la vida.

Saludos,
    El consultorio

Es noche de cocina en la escuela y la temática es el clima. Han atado globos terráqueos hinchables a las lámparas y los alumnos llevan disfraces que han hecho ellos con bolsas de basura. De primero hay hormigas silvestres con espinaca cocida. La profesora de Ecología cuenta que ha pasado toda la semana recogiéndolas en un bosque cerca de Tarm. El resto de los ingredientes los ha cogido un grupo de emprendedores ecológicos de los contenedores de las grandes cadenas de supermercados. No hay que confiar nunca en la fecha límite de venta, dice la profesora con insistencia, es una grosería la cantidad de buenas materias primas que se tiran. Cuenta que en casa siempre deciden el menú después de hacer el *tour* de la basura, hay que quitarse de encima el modo convencional de pensar en las comidas. Los alumnos han cogido de la basura treinta y ocho kilos de azúcar moreno y solo se trata de inventiva, dice la profesora, únicamente es la fantasía quien pone límites. De repente mira perpleja a mi hijo y lo señala. ¿No le cortáis las uñas?, pregunta en un tono tembloroso debido al impacto y a la incredulidad. Sí, decimos mi novio y yo al mismo tiempo. Ella no nos mira, sino que llama a su marido. Le susurra algo y él nos mira rápidamente. Cinco minutos después vuelve corriendo con unas tijeras pequeñas que usa con su hijo pequeño. Está sofocado y le da las tijeras a su mujer, que le quita con cuidado el babero a mi hijo mientras canta una nana que no conozco. Mi hijo está callado mirando con sus grandes ojos cómo llegan las uñas a la mesa. El marido de la profesora mira largo rato el blanco alrededor de sus pupilas. Pueden hacerse un rasguño en las pupilas fácilmente si no llevan las uñas bien cortadas, susurra, se aparta la mirada un instante y de repente están ciegos o tienen que vivir con trastornos visuales. Y lo mismo hasta eres oftalmólogo, digo y junto las uñitas en una servilleta. Sí, dice. Cuenta que tiene una clínica en Ringkøbing justo al lado de la plaza y que es especialista en cataratas y glaucomas. Quizá tendríais que hacer un informe para el Ayuntamiento, digo. La profesora y su marido intercambian miradas, pero niegan rápidamente con la cabeza. El oftalmólogo parece serio y dice que todos los padres lo hacen lo mejor que pueden y que los reproches no sirven para nada. Si se está dispuesto y se sigue la teoría, no se puede hacer más, dice la profesora. Uno de los grupos de contacto ha organizado una actividad después de la cena llamada *confessions*. Durante un par de semanas ha habido en la entrada del comedor una caja de cartón con forma de corazón y una ranura por la que los alumnos han echado notas con sus secretos. Emma va a leerlos en alto. Uno de los secretos es que una alumna quiere ligarse a mi novio durante el viaje. Emma se ruboriza, pero también mira a mi novio provocándolo. ¿Soy invisible?, le susurro a Sebastian. Él niega con la cabeza y yo me levanto. Carraspeo en alto e intento captar la atención de Emma. Primero hay risas, pero cuando continúo de pie se extiende el silencio. ¿No le puedes mandar animales muertos o compresas usadas como una acosadora normal?, digo y señalo a Emma, hay demasiados matices en esto. Ella parpadea y el comedor está en total silencio. Es solo un juego, murmura Emma, ¿no tienes sentido del humor? No, respondo, lo he perdido un poco. Sois un peligro, jovencitos cachondos, digo, no sabéis de qué va la vida. Sí, dice Emma. Mi novio está mirando concentrado un cuadro de una bailarina de tango como si ellos dos fueran lo único que hay en el mundo. Es bueno sacarlo, dice la directora en el postre. Su marido se sintió igual cuando la contrataron. ¿Como si no existiera?, pregunto, y ella asiente. Le hablo de aquella vez cuando iba a preescolar y había un niño al que marginaban. Yo pensaba que eso era pecado, así que me metí en la cabeza que podía ser la puerta cuando jugábamos a las tiendas. Le pulsábamos la nariz cuando teníamos que entrar a comprar algo. Se pasaba el recreo murmurando abrir-cerrar y justo así es como me siento, le digo a la directora. Ella opina que es totalmente natural sentirse así porque los alumnos se enfocan exclusivamente en los profesores. Es una fase por la que han de pasar todos los acompañantes, dice y me da una galleta con moho. Y luego qué, digo. Luego te resignas, dice la directora.

Cuando mi novio le hace un nudo a una bolsa y la saca al cubo de basura, piensa que la he llenado demasiado. Fue un tema que tuvimos que dejar después de años de relación porque no avanzábamos. Yo siempre pienso que hay espacio para más basura y el límite de mi novio está muchos muchos centímetros antes que el mío. La cosa está en cuánto presionas, dije, pero mi novio negó con la cabeza. Una bolsa medio llenaba a la siguiente, no había mucho más que decir, solo quedaba un diminuto suspiro. A cambio, es un suspiro importante. Cuando él coge una bolsa y llena un tercio con la cima de mi montaña de basura hasta que haya plástico suficiente para poder hacer el nudo, le es necesario suspirar. Para elogiarlo, hay que decir que es un suspiro casi silencioso, tiene rasgos comunes con la respiración pesada, pero para quien lo conozca no hay fallo posible. No necesita regañar si puede suspirar sin más. Y yo sonrío complaciente, se puede decir que abrazo su suspiro y con una seriedad que sé que aprecia y que no se cree, digo: perdón, la próxima vez no la llenaré hasta arriba. Hum, dice mi novio, ya calmado. *Vi vil i Velling*, ya lo sabemos, nos hemos formado el uno al otro como paisajes. Entonces vaciamos el lavavajillas y lo volvemos a llenar con montones de platos que están como rascacielos alrededor del fregadero. Hacemos listas de la compra que se quedan solitarias en la mesa cuando vamos al súper y ponemos a nuestro hijo en una cesta con ruedas. Limpiamos papilla de avena solidificada de la mesa de madera y compramos un hule con vaquitas sonrientes. Ponemos el pie en un cochecito de muñecas creyendo que es el suelo y damos vueltas por él hasta que paramos y miramos al techo. Dos arañas se mueven la una hacia la otra, cada una desde un lado de la tela como si hubiesen acordado encontrarse en el medio. Escuchamos el ruido del radiador, el susurro del molino, la canción del termo. El tren pasa bajo el puente y un pájaro entra por la ventana. Se alza confuso en el jardín y mañana volverá a cambiar nuestro salón por el cielo. El coro ensaya una canción mientras comienza a llover lentamente y en el huerto el viento atraviesa la col rizada, que tiembla como amantes que acaban de despegarse.

Perdida sigo
Canción de amor

Melodía: *Du fødtes på jord* (Naciste en la tierra)
Compositor: Erik Haumann, 1987

La nieve lo unió
a dos jovencitos cegados de amor
un caos de júbilo y curiosidad
fue en el idioma, un secreto lugar
a donde volver
una y otra vez.

Una y otra vez
se vuelve alargado el tono aquel
enredo, relato, unas notas de pop
sirenas que parten las nanas en dos
y estamos cual
globos sin inflar.

Globos sin inflar
y frases vacías de nunca acabar
me viene a menudo la idea de huir
la risa dibuja tu bello perfil
tu cuerpo en tensión
mientras sale el sol.

Mientras sale el sol
hacemos café y bebemos los dos

el ruido del día nos quiere atrapar
cerramos los ojos, vamos a fumar
varamos allá
en las ganas de amar.

En las ganas de amar
marchamos unidos y con voluntad
cariño gastado, desesperación
a quien solo guían promesas de amor
un trémulo ya
mi tú irreal.

Mi tú irreal
mi drama es largo y no sé razonar
y cuando me asuste, esté triste o feliz
tú dame tu paz, pero húndeme a mí
diviso lo azul
ya viene la luz.

Ya viene la luz
y créeme ahora la calma eres tú
aun con tantos años perdida estoy
y agradecida voy a cantar hoy
porque sucedió
la nieve lo unió.

LOS DÍAS Y LA CARRETERA

Así que esto se aplica a la preferencia de paso, digo y bajo la vista a mi libro de teoría. Malte está con un cigarrillo en la boca arreglándose los rizos cuidadosamente para que parezca que están despeinados. Qué pasa, dice y aplasta con el pie la colilla cuando el BMW azul medianoche entra en el aparcamiento. Fumar es peligroso, dice Mona y sale del coche mientras se enciende uno. Malte se ríe y yo estiro el brazo para que Mona me dé su Camel azul. Nanay, tienes un hijo, dice y me da un manotazo. Me entrega un cochecito de plástico que le ha comprado a mi hijo. Acabará él sacándose el carnet antes que tú, dice. Malte se ríe un buen rato en alto. Marchando, dice Mona y me dirige hacia el puente que pasa por encima de las vías. Tengo un miedo atroz a encontrarme un tractor en dirección contraria o uno de los numerosos camiones crepitantes de Vestas. Es el lugar más estrecho de Velling y la carretera se inclina de una manera tan incómoda que no se ven los demás vehículos hasta cinco metros antes de encontrártelos en medio del puente, donde pasarían dos turismos muy justitos. Digo que es irónico que viva en el único lugar peligroso de Velling. Mona cree que llegaría más lejos si me quitase de la cabeza esos pensamientos catastróficos. Por qué estoy enfadada ahora, pregunta, cuando diez minutos después pongo el intermitente y giro a la izquierda. Porque tiene que ceder el paso, dice Malte. Exacto, dice Mona, volvemos a intentarlo. Ella reconoce que los barrios residenciales tampoco son para niños, el curso de la carretera puede ser muy poco claro. Pero aun así, dice Mona, enciéndete el cerebro, Hipopótamo. Malte se ríe a carcajadas desde el asiento trasero y yo giro hacia Tændpibe, donde vemos de reojo un gamo pastando tranquilamente entre unos árboles. Mona dice que nunca se puede ignorar a la naturaleza, es peligrosísimo. Habla de una vez que un ciervo salió dando saltos de la nada. La miró a los ojos y un segundo después estaba sobre el radiador del coche. Tenía la cornamenta rota, dice Mona, ya sabéis que los ciervos tienen cuatro estómagos. Yo niego con la cabeza. Sí, corrobora Malte. Mona dice que vio los cuatro. La sangre cayó por los limpiaparabrisas y Falck acudió raudo a darle un disparo. Mona oyó el bramido del animal mientras estaba dentro del coche esperando. El seguro lo cubrió todo, dice, pero nadie necesita la imagen de un ciervo aplastado grabada en la retina. Sé que a partir de ahora veré ciervos ficticios por todas partes. Ciervos con crías que no vuelven a casa, mi propia cabeza que se lanza contra el parabrisas. Sin pensar en ello, voy conduciendo cada vez más despacio y veo ante mí cómo mi hijo se queda huérfano de madre como el bebé ciervo. Pausa para fumar y os cambiáis, grita Mona. Cuántos años tenías, pregunta y mira a Malte, que se pone colorado y se ríe. Veinte, digo. ¿Eres mudo?, dice Mona, y Malte niega con la cabeza. ¿Es tu ventrílocua?, pregunta Mona y me señala. No, contesta Malte. La juventud temprana planea sobre él como un bello pajarito. Se queda mirando fijamente a Mona cuando habla como si las palabras fuesen invisibles para él, como si le llegasen por la vista y no por el oído. Cuando volvemos a la escuela, Malte se sienta al volante. Todo lo que recibe la luz del sol es tuyo, le susurro, y la carretera está delante de nosotros como una moqueta de rayas. Se muerde el labio y lanza miradas rápidas por el retrovisor. Precioso, dice Mona, llevas buen ritmo. Malte se ruboriza y parece que intenta comunicarse a través de colores con el sol poniente.

Querido consultorio:

Tras once años de matrimonio, me estoy hartando porque mi marido siempre quiere tener la razón. Durante largos periodos estamos bien, pero su terquedad puede hacer que nuestra vida sea un reto. Acabamos de volver de vacaciones y se ha puesto al descubierto su mala costumbre. Cada vez que vemos algo nuevo o inesperado se pone a dar una conferencia en vez de disfrutar. Es un hombre con grandes conocimientos, pero tampoco es para tanto. ¿Lo amenazo con dejarlo o me resigno a mi destino? Aparte de este desafortunado rasgo, siempre ha sido un gran marido y un buen padre.

Saludos exhaustos de la esposa del tiquismiquis

Querida esposa del tiquismiquis:

La verdad es que no conozco a tu marido y cada tiquismiquis es distinto. De todos modos, me arriesgo a afirmar que vives con un factoísta. Es un diagnóstico antiquísimo y la palabra podría traducirse como «alegría o entusiasmo por la verdad». A mi novio le entran náuseas cuando generalizo o simplifico en mis inocentes intentos por crearme una visión general. Luego me mira afligido y dice que la existencia es algo más compleja que eso. Hemos hablado de que no soporto que no pare de corregirme. Como familiar, tienes que entender que los factoístas no pueden remediarlo. Se los puede confundir fácilmente con gente terca y es injusto. No se trata de tener razón, sino de afecto por los hechos. La exactitud es un objetivo vital para ellos. Cae por su propio peso que los factoístas deberían contraer matrimonio con sus congéneres o con alguien que valore su conocimiento del mundo. El gran choque se produce si viven con una persona sentimentaloide, que en este caso soy yo y probablemente también tú. Albergo un gran amor por los sentimientos y opino que se puede referir a ellos sin problemas como hechos. Querida esposa del tiquismiquis: si no puedes sacar algo divertido de la situación, inténtalo. Me he dado cuenta de que mi novio empieza a mover los pies cuando exagero o vuelvo a contar una anécdota de una manera inexacta. El movimiento se vuelve más violento, llega hasta las rodillas, se extiende hacia los muslos si nadie me corrige. Por último, también vibran los hombros y la cabeza empieza a menearse de un lado a otro, los temblores son ya enormes. No, grita al fin mi novio, no, no fue así. De inmediato se relajan los músculos, el cuerpo se queda quieto y se derrumba como si hubiera tenido un orgasmo especialmente bueno. Me gusta volverlo loco cuando me ha enfadado. Es una estrategia de supervivencia y estoy en mi derecho. Canto una canción que conoce y cambio una palabrita por otra que recuerde a la original. Había dos tetas en el salón, piripiripí pum pum, canto, y nuestro hijo da palmas. Mi novio mira triste por la ventana y yo me doy cuenta de que más tarde se descarga una colección de canciones infantiles. Cuesta saber si es una reprimenda muda por no decir que había dos gatas, tal como dice la canción, o es solo por que el niño tenga que oír la palabra *tetas* para poder dormir por la noche. Justo antes de que lo atrape Morfeo, le susurro como si estuviera durmiendo que el libro que estoy leyendo de Robert Bolaño es buenísimo. Mi novio se levanta, ya espabilado, y va a tientas al baño. Roberto, le oigo murmurar a su propio reflejo, RobertO.

Saludos,

El consultorio

Los niños de la guardería están sentados en un banco del jardín de Maj-Britt comiendo trozos de manzana. Cómo te las arreglas, pregunto. Con qué, pregunta Maj-Britt. Para tenerlos de tan buen humor, digo y señalo al futuro de Velling. Los cinco niños están calladitos con sus rizos rubios y sus ojos azules y parecen la portada de un folleto de las Juventudes Hitlerianas. Damos paseos y comemos mucho, dice Maj-Britt. Me da un trozo de A4 laminado y dice que es una nueva iniciativa del departamento infantil-juvenil. Tiene impresas mariposas y flores y en el medio hay una fotografía de mi hijo, que está sentado en el césped con la boca abierta como si acabara de caer del cielo. Por el texto entiendo que mi hijo, como niño del Ayuntamiento de Ringkøbing-Skjern, alias el Reino de la Naturaleza, ha adquirido un amplio conocimiento de los insectos comunes, además de los coleópteros pequeños y medianos. Ahora sois padres de un niño de la naturaleza certificado, pone en mayúsculas. La madre de Nor entra en el jardín en medio del rebaño de niños. Menuda productividad, digo. Me cuenta que tienen un matadero y que se vieron en la necesidad de encontrar algo totalmente distinto para que no todo fuera cerdo asado. Madre mía, qué viento hace, dice y se pone en cuclillas delante de su hijo. Guau, digo, qué pelo tan bonito tienes. Gracias, lo mismo digo, dice la madre de Nor. Tú piensa que siempre lo llevas recogido, digo, nos has engañado con la trenza francesa que llevas siempre.

La madre de Nor dice que es más práctico, porque monta a caballo en su tiempo libre. Tiene dos yeguas en un establo a las afueras de Spjald. Yo me pongo a hablar de las revistas *Wendy* que leí durante toda mi infancia. Intento recordar razas de caballos, los de la madre de Nor son árabes. Son una apuesta segura, digo. Exacto, dice la madre de Nor y me pregunta si tengo caballos. Contesto que me interesaba más Wendy como persona, los caballos eran algo que venía con ella. Suena estúpido, ya que eran dibujos, digo, pero pensaba que Wendy estaba buena. A lo mejor me ponía contenta, digo, a ver, no por los caballos. Me río en alto y digo que siempre he puesto el límite en la zoofilia. La madre de Nor también y piensa que los numerosos burdeles para animales que aparecen son una guarrada, algunos agricultores los usan como fuente de ingresos extra si la cosecha ha sido mala. ¿Pero crees que los animales se enteran de algo?, pregunto. Mi niño de la naturaleza certificado me tira del brazo y señala la puertecilla del jardín.

Llamo a la puerta y entro en el local de ensayo de Sebastian. Ha grabado el ruido de dos trozos de pan saltando de una tostadora y está mezclándolo con la grabación de unas bolsas de basura que caen por un conducto. Sebastian reproduce los sonidos en tempo alto uno detrás del otro y explica que es un alegato contra el desperdicio de comida y la sociedad de consumo en general. Cómo está el acoplado, pregunta Sebastian. Dando bandazos de forma peligrosa, digo y le cuento lo del sábado. De manera puramente excepcional, nuestro hijo se durmió. Estábamos en el jardín tapados con mantas bebiendo vino espumoso, digo, estábamos teniendo lo que se llama un momento. Estábamos fumando un cigarrillo a medias, aparecieron las estrellas en el crepúsculo, las réplicas no eran respondidas, dicho de otro modo, era un momento íntimo. Fuera de la escena de repente apareció corriendo una alumna. Como una atleta ansiosa o una maquilladora neurótica que había visto que una raya de ojos estaba torcida. Pero no, digo, era Emma. Y estaba llorando. Por qué siempre lloran, pregunta Sebastian y yo me encojo de hombros. Tengo que hablar contigo, dijo Emma señalando a mi novio. Los alumnos tienen la sensación de que son los dueños de los profesores, un concepto que el resto de los empleados evita problematizar. Cada uno dentro de su especialidad, son ídolos, estrellas lucientes en el pequeño cielo de la escuela. Estás en nuestra terraza, es propiedad privada, dije. Emma se detuvo debajo de la cuerda de tender y se quedó mirándome furiosa. Ahora no me viene muy bien, dijo mi novio. Emma dijo que era importante. Me levanté y busqué el número de teléfono de la profesora de guardia. Pero Emma no se sentía muy segura con ella, le resbalaban las lágrimas por las mejillas y mi novio se levantó. Qué pasa, dijo. ¿Podemos dar una vuelta, por favor?, susurró, y mi novio fue con ella. Sin acoplados, dice Sebastian. Yo asiento. Resultó que Emma había dejado a Frej la semana pasada y ahora se sentía culpable. Entre tanto se había enamorado de Muhammed, que estaba de novio con Petra, que era su compañera de habitación. Me saca de quicio, digo. Y con razón, dice Sebastian, que tampoco considera un fracaso que nuestras conversaciones se basen en darnos la razón en puntos de vista en los que estamos totalmente de acuerdo. Si Sebastian y yo nos atrajéramos, podríamos iniciar una aventura por principios. Pero solo somos dos acoplados, dice, de quién nos colgaríamos.

Querido consultorio:

Estoy embarazada de ocho meses y mi economía no es muy boyante. Mi marido y yo estamos bien juntos y estamos de acuerdo en llevar una vida espartana hasta que tengamos trabajo fijo. Llegamos a fin de mes, pero distintas personas nos han dicho que sería sensato hacernos con una lavadora. Vivimos en un segundo piso de un bloque de apartamentos con una formidable lavandería en el sótano. Aun así, mucha gente cree que es una locura traer un niño al mundo sin la posibilidad de lavar la ropa entre las cuatro paredes de nuestra casa. Muchos amigos míos incluso llegan a decir que no se puede tener un niño y no tener lavadora. ¿Se puede?

Atentamente,
La embarazada

Querida embarazada:

Enhorabuena por tu futuro hijo y bienvenida al coro de susurros de padres. Ten presente cómo la gente baja la voz cuando hablan de niños. Como si fuera un secreto íntimo que se comparte, una confidencia para unos pocos elegidos. Viví este susurro por primera vez cuando mi hijo tenía cuatro semanas y yo estaba despierta dieciocho horas al día para amamantarlo. Me siento como si se me cayeran los pechos, dije, quizá habría que descargarlos un poco. Pezonera, susurraron las voces como si les hubieran estado diciendo groserías a mis pechos. Bueno no era, pero sí mejor que el biberón, porque este era el diablo y dar de mamar era Dios. El tono gravísimo volvió cuando meses después el tema de conversación fue la papilla. Mijo antes que avena, susurraban, si no, le destrozarás la tripa. Ayer se pasó por casa mi vecino y su hija me destrozó el salón. Le están saliendo los dientes, susurró, como si fuese a molestar al dientecito de la parte inferior de la boca si hablaba demasiado alto. *Knækbrød*, sermoneé con la voz baja que me he aprendido, masajea las encías. He oído que los dientes de leche tienen la culpa de todo. Gritos, llantos, mal sueño, fiebre, nalgas irritadas, conducta demente. Personalmente, creo que no causa dolor el hecho de que salgan los dientes. Creo que pica un poco, que es como una sorpresa en la boca, pero los bebés lo viven todo por primera vez y yo dudo que los dientes sean algo peor que cualquier otra cosa. Dejemos una cosa clara. Nadie, excepto los bebés, sabe qué es ser bebé. Podemos conjeturar, podemos investigar, pero quienes lo saben no tienen idioma. Un amigo mío apareció con un andador rosa chillón que encontró en un rastrillo. Lo desplegamos, lo pusimos en medio del salón y lo llamamos la carroza imperial. A mi hijo le encantó e hizo ruidos de alegría cuando se chocó contra la estantería y provocó un estruendo. Es malo para la espalda, se oyó en susurros, se va a destrozar la cadera si usa eso. No sé qué se imagina la gente. Que pongo a mi hijo en la carroza desde primera hora de la mañana, que simplemente lo atamos y lo dejamos todo el día solo con sus ruidos. Ni siesta, ni puré de verduras, ni paseo al parque. Una compañera de trabajo de mi novio dijo que creía que la carroza era de principios de los noventa, cerró los ojos y recordó que esa marca la retiraron del mercado en su momento. Hizo fotos y las colgó en Facebook con un largo texto, mi hijo miró asustado el andador y dejó de hacer ruidos. Lo cogí, me lo puse en el regazo y comencé a darle cucharaditas de verdura cruda con pasas. Eh, dijo la colega de mi novio y cogió el plato de mi hijo. Las verduras crudas se les quedan en los pulmones, susurró, hasta que tienen tres años. El tema de la zanahoria estaba perdido, pero nuestra pésima conexión a internet salvó la carroza. La colega quiso investigarlo en casa y mandó un mensaje para saber cómo podíamos conservarla. Fue en la época en la que empecé a inventarme expertos. Aparecen de la nada como pequeños ayudantes cuando no me apetece discutir con la gente. Me remito a pediatras que no existen y a consejos de amas de casa que, afirmo, se han ido heredando de generación en generación. Un blog sobre bebés escrito por una madre de cinco hijos, artículos sobre el desarrollo infantil que me he encontrado en internet, hay nuevos estudios psicológicos que demuestran, susurro, o la experiencia indica que. Querida embarazada: hay muchísimas verdades. Encuentra los principios que casan con vuestras necesidades. Se puede traer un niño al mundo sin tener lavadora, pero tendrás que hacerte con una carroza imperial. Ha de ser fea y rosa y ha de recordarte que un buen día los dientes de leche empezarán a moverse. Como malvadas hadas de los dientes, los extraeremos a tirones entre hilos y encías sangrantes para que aprendan.

Saludos,
El consultorio

Toca noche silvestre en el Hotel Skjern. La temporada de caza ha empezado y Krisser ha visto que era un tema importante. La directora está con nuestro hijo en brazos saludando desde la entrada cuando Taxi-Helle viene a recogernos con su taxi. Pues toca caza, dice Krisser cuando asomo la cabeza por la cocina. Echo un vistazo a los distintos tipos de animales muertos que entran y salen rodando del bufet. Hay ánades, palomas y liebres, ciervos comunes y reales. Krisser le pregunta al chef dónde están los acompañamientos. ¿Mi hotel parece un tiovivo de carne?, pregunta Krisser, ¿estoy hablando con un tono vulgar? A lo mejor un poco, digo, pero el chef niega con la cabeza. Hay ensalada, dice, pero recuerda que estamos en Skjern. El ayudante de cocina, que está espolvoreando nueces sobre una bandeja de hojas verdes y semillas de granada, es dietista a tiempo parcial. Pero la rúcula, dice Krisser, por qué. La mujer opina que la ensalada de lechuga iceberg ha muerto de éxito y cree que la gente quiere bolas nuevas en la sopa. La prevengo contra las metáforas con primeros platos en discusiones sobre ensaladas. Ahora no, dice Krisser y hace un movimiento horizontal sobre mi boca como si me estuviera cerrando los labios con cremallera. Coge un puñado de hojas de rúcula con la mano y las observa desconsolada. ¿Seguimos en los noventa?, pregunta Krisser, ¿o estamos en el siglo XXI? El chef dice que en el oeste de Jutlandia vamos unos años por detrás, igual que con las películas que echan en el cine. El aprendiz está al lado mirando concentrado una fuente de horno. Tú estás obsesionado con eso, dice Krisser y saca el termómetro de un solomillo antes de que pueda ver la temperatura. Se lo esconde detrás de la espalda y lo mira a los ojos. ¿Tienes novia?, le pregunta. Sí, contesta el aprendiz. El frigorífico da un zumbido y una olla de patatas empieza a hervir en el fogón. Vale, dice Krisser, cuánto lleváis juntos. El sábado haremos once meses, responde y se quita el gorro como si estuviese de guardia en el palacio real y fuese a saludar a la reina. Enhorabuena, dice Krisser y le da la mano. Cómo sabes si tu novia está bien, pregunta. Se lo noto, murmura el becario. Exacto, dice Krisser y tira el termómetro a la basura. Con cuidado, le pone en la mano el solomillo. Él acaricia la superficie marrón con gesto inseguro. Cógelo como es debido, ordena Krisser, a ninguna mujer le gusta eso. El joven pone la mano sobre el solomillo y lo amasa ligeramente. Gracias, dice Krisser, eso puede ser demasiado. ¿Crudo, seco o rosa?, pregunta Krisser. Rosa, susurra el becario y corta una rodaja con esmero. Ambos examinan juntos la superficie de la carne. Muy bien, dice Krisser y le pone el gorro en la cabeza.

En cuanto Pia y Maria nos han dado mesa, nos hemos puesto a hablar de nuestro hijo. Buscamos fotos en el móvil, imitamos sus caras y gestos. Ay, vamos a comer, decimos, qué salsa de champiñones más buena. Empezamos a hablar de libros lentamente, como si intentásemos volver a aprender un idioma que no hemos hablado desde la infancia. Ambos llevamos sin leer desde tiempos inmemoriales, pero mi novio se acuerda de un vídeo que ha grabado de la primera vez que nuestro hijo vio una vaca. Lo vemos varias veces, se lo enseñamos también a Pia, que se ríe y llama a Maria. Ahora viene lo bueno, dice mi novio. El rostro de nuestro hijo se ilumina y pasa del asombro profundo al júbilo en voz alta cuando la vaca levanta la cola y dice mu. La mujer de la mesa contigua se inclina y pregunta si es nuestro primer niño. Unos minutos después intenta volver a su ragú de conejo, pero no tiene escapatoria. En medio de la explicación de la personalidad de nuestro hijo de un año me doy cuenta de que está mirándome fijamente un punto encima de la nariz. Nos apresuramos a pagar la cuenta y Taxi-Helle nos lleva directamente al bar Mylles. Mi novio va a por cerveza y yo me encargo de la gramola, que me proporciona los enemigos a los que me he acostumbrado en mi sinuoso camino por la vida nocturna. Pongo *Hjem til Århus* y *Moonlight Shadow*. Después, *Barndommens gade* y *Tusind stykker*. ¿En serio?, grita un grupo de alumnos de instituto. Vosotros acabáis de nacer, digo, no tenéis ni idea de música. Ponen morros y tuercen el gesto. Escuchad y aprended, le digo a la juventud de la ría. Después nos sentamos a su mesa a jugar a un juego de alcohol en el que mi novio y yo nos tenemos que pimplar un chupito cada vez que mencionemos a nuestro hijo. Es una fea costumbre que os tenéis que quitar cuanto antes, dice una chica a la que llaman Gallina. Traga, traga, traga, gritan los alumnos del instituto. Nos convertimos en una máquina del tiempo con pasajeros involuntarios y nos bajamos a principios de los años dos mil. Escribíamos las redacciones a mano, dice mi novio, y buscábamos palabras en diccionarios de páginas de papel. Cojo un Prince 100 y paso el paquete. Se podía fumar en cualquier parte, digo, y cuando queríamos encender un cigarrillo frotábamos dos palitos. Cuando traemos una ronda para toda la mesa, Gallina nos dice que somos muy juveniles. Si no lo supiera, creería que solo tienes veintiocho, dice y me sonríe, como si me hubiera alargado la vida cuatro años. La noche se expande con éxitos de Los Pitufos y Britney Spears. *Hit me, baby, one more time*, cantamos mientras volvemos a casa tambaleándonos por los oscuros campos. Entramos a hurtadillas y a gritos en el recibidor y abrimos la puerta del salón. En el sofá hay una directora y un bebé durmiendo. Qué fuerte, dice mi novio. Muy muy fuerte, digo.

Querido consultorio:

He de decir que tu tono me parece bastante arrogante y muy inadecuado. Das tu opinión sobre temas de los que claramente no tienes ni idea y te burlas de gente que de verdad quiere llegar hasta el fondo de las cosas. Soy enfermera pediatra y trabajo mucho con niños pequeños. Los medimos y los pesamos e intentamos que estén bien. Me siento en la obligación de corregir tu punto de vista sobre el «andador», etc. Es absolutamente crucial para el bienestar del niño que no camine hasta que su sistema nervioso esté preparado. Además, el «andador» provoca un alto riesgo de espondilolistesis, porque las vértebras inferiores del niño aún no se han desarrollado por completo. Sin embargo, el mayor pecado del «andador» son las insalvables consecuencias que tiene para el importantísimo patrón cruzado y la fase de reptar-gatear en general. Es digno de mención que las autoridades sanitarias desaconsejan el uso del «andador». No deberías hacerte la experta en dientes, ya que cada diente de leche es distinto. Se ha demostrado muchas veces que los dientes nuevos causan infecciones locales o que las bacterias de la boca se meten por las aperturas provocando síntomas como insomnio, diarrea e irritación en las nalgas. Querido consultorio: reconozco que el «andador» abre las aguas y que es posible que haya especialistas que lo vean como un elemento positivo en el desarrollo motor de los bebés. Pero ten en cuenta que la mayoría de la gente del ramo lo coloca en la categoría del «caballo balancín», al que asimismo se culpa de retrasar el desarrollo normal. Gran parte de las asistentes están de acuerdo en que el «andador» es perjudicial para el sistema sensorial y le proporciona al niño una imagen distorsionada de la realidad.

Atentamente,

Kirsten

Querida Kirsten:

Gracias por tu consulta. Se acusa recibo de tu postura y se traslada al departamento correspondiente. Trabajo a diario con mi arrogancia, que tampoco creo que beneficie a mi personalidad. Tomo nota de tus puntos de vista, pero no me gusta tu tono.

Atentamente,
El «consultorio»

Písale, písale, písale, grita Mona, tienes que llegar a ochenta. Me tiembla el pie del acelerador. La carretera de Velling pasa en un extraño centelleo, la ría y el cielo se fusionan y a mí me suda todo el cuerpo. Veo un coche de frente y giro directamente hacia el borde de la zanja. Quédate en el carril, hay sitio para todos, dice Mona resoplando, y luego a tope. Mona ha reducido drásticamente el número de cigarrillos y ahora lo ha sustituido por el cigarrillo electrónico. Pisa embrague, mete quinta, dice Mona, escucha el motor. Me pregunta si no oigo que suena mal. Niego con la cabeza, y ella suspira. Intermitente derecho, embrague, segunda, dice Mona mientras coge un caramelo. Con el corazón palpitando, giro hacia la calle peatonal. Tranqui, Hipopótamo, dice Mona, es zona de veinte, tenemos que bajar el pulso. El sol brilla sobre los habitantes de Ringkøbing, que caminan felices a su aire. Estoy muerta de miedo con todas esas personas, sus cochecitos plegables y patines, patinetes, bastones y andadores. Vas a ocho por hora, dice Mona. Veo a través de la ventana del Italia a Anders Agger sentado con un joven y tiro del freno de mano. Mona se va hacia delante con la inercia y da un grito. El azúcar, digo, lo tengo bajísimo. Entramos en el restaurante y pedimos dos Hawaii. Con pan y vino se hace el camino, dice Mona y da un trago a su refresco de cola. Yo bostezo e intento averiguar qué *pizza* está comiendo Anders Agger. Estás hecha unos zorros, dice Mona, ¿sigue sin dormir? Niego con la cabeza.

Parece una número noventa y uno con langostinos tigre, y pienso qué puede decir eso sobre Anders Agger como persona. Mona dice que tiene los pies en la tierra, le ha dado clases de conducir a su hija y no hubo nada. ¿Nada de qué?, pregunto. De lío, dice Mona. Cuando me levanto para ir al baño, establezco contacto visual con Anders Agger y se sobresalta. Es hora de *pizza*, digo en alto, el mundo es un pañuelo. Por lo que parece, más pequeño aún, dice Anders Agger, y yo también pienso que tiene pinta de cansado.

Estás enamorada de Krisser, dice mi madre por teléfono, con su apabullante capacidad de llegar a conclusiones ciertas y, al mismo tiempo, totalmente falsas. Estoy sentada en el despacho del hotel esperando a que coja su bolso, mire el correo y escuche los mensajes del contestador. ¿Estás lista?, dice Krisser, como si fuera ella la que está esperándome. Bajamos a la bodega, donde Krisser ha hecho a su suegro poner dos sillones. Ha sido un día duro, Krisser ha recibido muchos buenos consejos. Como en algún momento la mayoría de la gente ha pernoctado en un hotel, están convencidos de que son expertos. Un ciudadano de Skjern la paró por la calle para decirle que estaba matando moscas a cañonazos. A la gente le basta con las tartaletas, se han vuelto a poner de moda, dijo. Krisser acababa de terminar el *Ulises* y estaba pensando en montar un día temático en el hotel el dieciséis de junio, servirían riñones y pondrían banderas irlandesas de adorno. Se lo encargó al chef del restaurante, que la miró y le dijo que no era esa clase de cosas lo que buscaban el señor y la señora Skjern. También puedo poner un bufet, grita Krisser, salsa marrón cuajada, patatas pasadas de cocción, animales maltratados, precio del cubierto cincuenta y nueve coronas. Como si no fuese un gran engorro ser directora, su apariencia tampoco la ayudaba. Los hoyuelos son mi maldición, dice Krisser, parezco la botones. Tampoco estos me ayudan, dice y tira de uno de sus rizos castaños. Al menos no son de un color marrón ayuntamiento, digo y me cojo la trenza. Es la postura del misionero de los colores de pelo, dice Krisser. El otro día vino un comercial que la saludó amablemente en la recepción. ¿Puedo hablar con el director?, preguntó. Estás hablando con ella, dijo Krisser. El hombre se rio cordial y repitió la pregunta mientras ella repetía la respuesta y así estuvieron un buen rato. Abre una botella de vino que acaba de mandarles un proveedor de Verona. A Krisser le gustaría traer a Skjern algo de cultura y piensa que Sebastian y yo deberíamos ir a tocar nuestras canciones de *højskole*. Se forman acontecimientos en la cabeza de Krisser que se dejan modelar voluntariamente y yo me siento como una bola de masa en sus manos.

Canción de Krisser
Canción de borrachera

Melodía: *Go' nu nat og gå nu lige hjem* (Buenas noches y ve a casa)
Compositor: Povl Dissing, 1981

Mano a mano en plena ebriedad
te olvidas de la vida familiar
sin querer, de sopetón
se te niebla la razón
dejas de dejar de fumar.

Si se quiere saber algo de un hotel
es mejor no preguntarlo, ¿para qué?
atrapada en un panal
de impuestos y albarán,
para nada es simple, ya lo sé.

Y brindamos, tú me ves aquí
yo te quiero, tú me encuentras muy feliz
y yo sé que tu hotel
se va a sobreponer
a hoyuelos, rizos, ¿a que sí?

PARTE B

Entre lágrimas, lactancia y sudor
siempre juntas, apoyándonos tú y yo
mas te sientes especial

en un mundo tan vulgar
con tu hotel, que es tu gran amor.

Estas deudas menos grandes son
que tu sueño y que tu enorme corazón
porque un gran reto es
encargarte del Skjern
antes de que el día diga adiós.

Las dunas pasan a toda velocidad ante mi mirada y los molinos de viento se amontonan como obstáculos en la periferia de mi campo visual. Intermitente y gira, dice Mona, no es un tiovivo. ¿Derecha o izquierda?, grito y me aferro al volante. A la derecha, dice Mona, estamos en una rotonda. Me mira con las cejas levantadas y me indica que vaya a un lado. Alcanzo a abrir la puerta antes de vomitar sobre el asfalto mojado. Me limpio la boca con el pañuelo que me da Mona y digo que es indigno marearme cuando voy conduciendo. Hvide Sande es la ciudad de Dinamarca con más rotondas por habitante, dice Mona, según el código de circulación, solo se puede dar una vuelta, a no ser, claro, que se te haya olvidado salirte. Por qué, pregunto. Si no, la gente no haría otra cosa, dice Mona y echa un vistazo por el retrovisor. Pasó sus años de adolescente bebiendo latas de cerveza y conduciendo por Hvide Sande. Era Dios, pescar o rotondas, no había mucho más, dice Mona. Le pregunto si nunca se volvió loca. Podía ser un poco, dice. Un poco qué, pregunto. Coñazo, dice Mona. Vuelve a poner en marcha el coche y salimos por Troldbjergvej. Mantén la velocidad, grita Mona, acaba las frases, replico, es imposible mantener una conversación contigo. Le pregunto cómo voy a conocer aquí a alguien si las conversaciones se cortan antes de haber empezado. Mona baja la ventanilla y enciende un cigarrillo. Cuéntame algo de ti, digo. Su novio es dentista en Rindum y le interesa mucho la higiene bucal. Por las mañanas y por las noches usa piezas de plástico diseñadas específicamente para su boca y, después, hilo dental, dos tandas de dos minutos. Hay que sacar todas las migas de pan, dice Mona, granos de arroz, restos de carne, semillas de frambuesa. Y después es la hora del Zendium. Lo odio, digo, nada de espuma, ni pequeñas explosiones en el paladar, solo un líquido blanco y espeso en la boca. Exacto, dice Mona, que también es una chica Colgate. Y cómo es, pregunto. Un tío sencillo, dice Mona, no hay nada más. Nada de qué, digo. Mierda, dice Mona.

Querido consultorio:

Soy una mujer de cuarenta y tres primaveras que tiene un gran reto ante sí. Deseo de todo corazón encontrar a mi media naranja y llevo muchos años buscándola con ahínco. Al principio la cosa promete, pero he sido víctima de infidelidades y mentiras muchas veces. ¿Cómo puedo calar a estos hombres y cribarlos ya en la primera cita para que no me hagan daño?

Atentamente,
La víctima

Querida ingenua:

No te preguntes con quién te quieres casar, pregúntate de quién te gustaría divorciarte. Hablo del *pack* completo: sueños rotos, terapia de pareja, cajas de mudanza, el papeleo, en el mejor de los casos un clic rápido en borger.dk, el portal del ciudadano. ¿Dirá sí, quédate el sofá, que siempre te ha encantado, o lo serrará en dos en pleno ataque de rabia? ¿Pondrá a los niños en dos filas iguales e insistirá en ser el primero en elegir? ¿Qué construcción hará de ti en sus anécdotas? ¿Dejará que vuestros recuerdos descansen en paz o serás tú la ex de la que están riéndose en la cama de matrimonio mientras comen huevos revueltos con beicon rodeados de repentinos niños en custodia compartida con ojos muy grandes? No puedes juzgar a la gente por cómo te tratan cuando estáis en una cita, porque en esa situación mostramos nuestra mejor versión. La primera señal que se puede buscar es muy simple. Cómo trata tu cita a otras personas. Si se hace el gracioso a costa del camarero, si es arrogante, si habla con otra voz cuando pide la comida. Si evita el contacto visual y considera al camarero un micrófono a través del cual hablar, un tubo que va hasta la cocina y da como resultado platos bien servidos. Si se dirige al conductor del taxi como un GPS al que se le da mediante la voz la dirección que te lleva a casa. O si sonríe breve pero amablemente cuando dice dónde vive. Por no hablar de las grandes propinas, las largas charlas íntimas por la ciudad, está bien una cortesía normal, un billete de cincuenta coronas en el mantel cuando os vais. Querida ingenua: observa la conducta de tu cita hacia la gente del sector servicios, pues ellos tienen la llave de su verdadera naturaleza. Es ahí donde todo empieza y acaba. El taxista y el camarero. Olvídate de la boda, acuérdate de la separación.

Saludos,
El consultorio

Mi novio y yo casi tenemos alucinaciones debido a la falta de sueño. Cuando alguien nos pregunta qué tal estamos, se nos pone una mirada furiosa y reproducimos la noche con bastante precisión. Cada tema lo podemos llevar al sueño. Cada patrón de sueño es distinto, dice la asistente cuando la llamamos. He perdido la capacidad de deletrear, de pronto no recuerdo cómo son la mayoría de las palabras comunes. Cuando mi hijo por fin duerme, sueño que se despierta y voy hacia la cuna con el corazón a mil por hora. Doy vueltas como una sonámbula y me estremecen soniditos mientras temo que el mundo se vuelque sobre mí. Me dirijo a la directora, que tiene dos hijas adultas. Salimos por el puente rojo rodeado de campo y el viento nos enmaraña el pelo. Ella dice que en aquel entonces eran otros tiempos. Se fumaba mucho durante el embarazo, no había alarmas para bebés y los niños eran una parte natural de la vida. Por la noche juntaba dos sillas y las niñas se dormían en la sala de conferencias al son de la música y el baile. Eso fue hace treinta años, digo, habrá algún detalle que se te ha olvidado. La directora cree que no, siempre ha tenido una memoria excelente. Le pregunto si piensa que la educación libre ha creado a los padres neuróticos que ve hoy en día. Contesta que cada generación hace las cosas a su manera y que así ha de ser. Imagina que hubiéramos vivido en la Edad de Piedra, digo y hago bascular el carrito, intento llegar a la tierra irregular para que traquetee cuanto más, mejor. Mi hijo cierra los ojos brevemente, pero los abre al instante cuando dejo de mover el carrito. La directora dice que así a mi novio y a mí nos abandonaría nuestra estirpe y nos quedaríamos solos con un niño que grita y eso atraería a los animales salvajes. Hace algunas semanas, nos invitó a cenar porque habían ido de visita a la escuela unos artistas visuales de Islandia. Su marido preparó un menú de cinco platos y encendió unas velas. Yo intenté ponerme rímel y mi novio se dio una ducha. Nuestro hijo estaba sentado en mi brazo sonriendo, claramente fascinado con una colorida ensalada. Qué rico es, dijo un invitado. No, contestamos mi novio y yo a coro. La intención era que fuera de broma, pero creo que los dos nos sorprendimos por lo áspero que sonó. Aun así no pudimos parar. Bromeamos con darlo en adopción o con encontrar una cariñosa familia de acogida en Velling y soltamos risas estridentes que pude apreciar, pero no detener. Estuvimos toda la tarde desviando cualquier tema de conversación hacia el sueño e hicimos bien, ya que los invitados estaban muy interesados en todos los aspectos de la sociedad danesa. Tras una larga deliberación sobre si se debía a nuestros luminosos tipos de cortinas, a posibles problemas estomacales o a que llegase el ruido de la carretera, nos dimos cuenta de que todo estaba en silencio. Ojalá pudiéramos hacer que use el chupete, murmuró mi novio. Sobre los seis rostros se posó una fatiga silenciosa, la directora llenó las altas copas de vino y sonrió a sus invitados a modo de disculpa. Miré a mi novio a los ojos y durante ese segundo fuimos las únicas personas del mundo, pero no fue como cuando nos conocimos. Éramos como dos personas que en el mismo instante comprenden que tienen una enfermedad peligrosísima que hace que los tengan que confinar antes de contagiar a los demás. Fuimos al recibidor a tumbar a nuestro hijo en el carrito y plegamos la bolsa con sus cosas. Oímos cómo se reiniciaba lentamente la conversación y hasta que alguien se rio en alto no me di cuenta de que la gente que está a nuestro alrededor había dejado de reír. Aquella noche las canciones de cuna adquirieron un agresivo tono secundario, el pulso se aceleró, nos pasamos a nuestro hijo como si fuera un trofeo que nadie quiere alzar. Nuestro Google se desesperó, pasó de cómo dormir a un niño a, más allá de la medianoche, con cuánta antelación se puede diagnosticar un trastorno de personalidad. Hablamos abiertamente de nuestras ideas de venganza. De cómo despertaríamos a nuestro hijo a cacerolazos cuando, con dieciséis años, tuviera resaca. Iríamos tocando la trompeta por toda la casa cuando se haya pasado la noche jugando a la consola y comiendo ganchitos. En un destello de maldad consumada deseamos que tenga un hijo sano y maravilloso que nunca duerma. Cuando un día entienda lo que había hecho y llame para disculparse, respiraremos hondo y diremos, oh, aquellas noches, hace tantos años de eso. Mostraremos generosidad, señalaremos que no guardamos rencor, pero también dejaríamos claro que esperamos una vejez bastante plácida. Innumerables visitas a la residencia y regalos de todos los viajes. Una cama blanda, cuando llegue la hora, canciones en silencio y amor incondicional hasta que cerremos los ojos.

Estoy mirando por el parabrisas de nuestro coche y escuchando un programa sobre historia del *jazz*. Detrás, en la silla de bebé, hay un conejo de peluche cuyos ojos de cristal noto en la nuca como una impaciente picazón. Miro al interior de una casa, a lo que debe de ser la cocina. Una sombra se levanta y se mueve. Alza los brazos hacia unos estantes, echa algo en otra cosa que tampoco veo. Establecemos contacto visual entre los dos cristales. Estoy fuera moviendo los brazos, señalando el coche y haciendo gestos hacia el cielo. Anders Agger sale de la casa. Se ha parado de repente, digo, y mi voz suena extraña. Vale, dice y se mete en el coche. Gira la llave y señala el salpicadero. A lo mejor tiene relación con que la batería se ha descargado, dice y señala un pequeño icono. Ay, mecachis, digo, lo mismo me he olvidado de apagar las luces cuando paré a coger el teléfono. Digo que mi carnet de conducir tiene que estar a punto de llegar y que estoy practicando un poco por calles tranquilas. Él asiente despacio y sale del coche. No soy una acosadora enferma, digo. Y qué eres, pregunta. La gravilla cruje bajo mis pies y me encojo de hombros. ¿Es porque tienes una idea para un documental?, pregunta Anders Agger, ya que le suele buscar gente que quiere hablarle de un tema en particular. Niego con la cabeza y digo que me he mudado y que pienso que cuesta hablar con la gente de Velling. Anders Agger admite que puede ser algo del *flow* y dice que él, al contrario que otra gente, tiene la opción de quitar los silencios en la edición de sus programas. Es un truco barato, digo y lo critico por dar una imagen deformada de la realidad. A decir verdad, creo que los jutlandeses de esta zona tienen una relación descuidada con la comunicación, digo. Al menos los que no son tú, matizó. Incluso los nombres de los pueblos son cortos, añado, Tim, Hee, Noe, Bur, Lem, Spjald, Tarm. Vemb, Asp, Tvis, Skjern, enumera Anders Agger y tamborilea con los dedos sobre el techo del coche. La mayoría de la gente de Velling trabaja con el viento, la tierra o los animales, dice. La naturaleza no tiene idioma y esas cosas se pegan cuando se vive aquí. No se puede traducir a la ría, simplemente está ahí. Cree que se puede comparar con el amor, cuando la gente quiere revelar cómo es se pierde en una jungla de metáforas. Es imposible formular esa fuerza que puede hacer que los adolescentes se tiren a las vías del tren y que personas inteligentes hablen como bebés. Parece que te mueves con agilidad entre la gente, digo y rasco una cagada de pájaro del parabrisas, solo quería preguntarte si me podías dar unos consejos. Anders Agger me sonríe y parece propio de él no protestar. Creo que me gusta la gente, dice. ¿Yo también?, pregunto. Creo que sí, dice, pero tienes que dejar de seguirme, a la larga será muy extraño. Brindis con café, digo. Anders Agger dice que entonces primero tiene que prepararlo.

Querido consultorio:

Soy una mujer de veintiséis años con un gran problema. Una amiga se ha enfrentado a mí repetidas veces diciéndome que la he defraudado. Si refunfuña mucho, tiene consecuencias cuando quedamos y a mí me cuesta relajarme en su compañía. No me atrevo a mencionarlo cuando está en un periodo de debilidad. Hace tres semanas me olvidé de su cumpleaños y ahora me acaba de preguntar si nos vamos el domingo a dar una vuelta por el lago Nørresø, pero no me veo capaz de soportar sus reproches. ¿Soy una mala amiga? ¿Cómo puedo romper esta malvada espiral?

Muchos saludos de la indecisa

Querida indecisa:

Cuidado con los lagos. El agua y los círculos tienen algo que invita a conversaciones que la gente desea tener fuera de casa. Los lagos prometen confianza e intimidad y soluciones a tus problemas. Personalmente, me dan pereza porque atraen a gente como tu amiga. Esto no va sobre mí, pero sé por lo que estás pasando. Tuve un amigo que se llamaba Kasper. Era muy sensible y les daba muchas vueltas a las cosas. Cuando llamaba y preguntaba si quedábamos en los lagos de Copenhague, ya se olía una la tostada. Su voz tenía un timbre especial, tonos ligeramente lastimeros con un toque de algo decidido. Yo siempre oía que la conversación ya había tenido lugar en su cabeza, las pausas estaban meditadas, las réplicas, minuciosamente escogidas de antemano. Yo sabía que seguramente era algo que había dicho de una manera insensible o una crisis personal cuya dimensión no había comprendido. No digo que sea inocente. Como la mayoría de los posmodernos, solo soy buena amiga cuando me aburro o cuando necesito a la gente. Sin embargo, hay que decir que Kasper estaba lleno de sentimientos que había que airear como a una camada de cachorritos incontrolables. Los llevaba por fuera de la ropa, volaban hacia él cuando se iba y lo castigaban cuando venía. Se comportaban como un joven salvaje, practicaban sexo sin protección y se reproducían, se transformaban en bandas callejeras que atacaban a inocentes y dejaban indefensas a sus víctimas. De vez en cuando intentaba detenerlos en la recta final. Perdón, dije. Perdón por no estar contigo cuando murió tu tío abuelo, no sabía que erais tan cercanos. Perdón por reírme del libro que me regalaste por mi cumpleaños. Ya sé que soy elitista y esnob, fue insensible por mi parte, perdón. Querida indecisa: mantente en tu carril y lejos del Nørresø. La naturaleza no es neutral, tiene un deseo, y los lagos de Dinamarca son un llanto de tarde de domingo lleno de rímel y maquillaje disuelto. Coquetean con la limpieza y la pureza, con que el mundo los mantiene intactos, pero sabemos que la mayoría son artificiales. La naturaleza fanfarronea en la escalerilla de embarque, el planeta tose una última vez antes de echarse a morir. Pero, desde luego, se puede volver uno sentimental si se piensa en la fugacidad de la vida. Pasas despacio el carril para tráfico lento. Bebes vino tinto, escuchas a Anne Linnet y de repente piensas que cantas bastante bien y en si le falta una corista. Junto a una hoguera, una noche de verano, cantas *Kaldte du mig for ven engang, så er jeg her nok endnu* (Si alguna vez me llamaste amiga, quizá siga aquí). Alguien toca la guitarra y se te llenan los ojos de lágrimas porque te sientes lista para perdonar y al día siguiente llamas a Kasper. Y él parece feliz y empieza a pensar cómo está de verdad si se siente bien. Nos tomamos otra copa con los demás. Miramos a la gente que se encuentra y se separa, creamos intrigas y las desenredamos. Respiramos hondo, los cisnes nadan y el sol brilla, sabemos que hay agua del lago para todos y palabras hasta donde alcanza la vista.

Saludos,

El consultorio

Maj-Britt me mira expectante, le gustaría planear las vacaciones de Semana Santa. Estoy sentada en el banco de su cocina y me fijo en el hombrecillo de nieve al que Bent le ha puesto sus orejeras. La boca sonriente es un trozo de manzana y estira hacia mí sus dedos hechos de ramas. Estamos a mediados de diciembre, digo, nadie sabe dónde estaremos dentro de cuatro meses. Maj-Britt sí, y estará en Tarm en la semana dieciséis. Estoy harta de los números de las semanas, digo, el sistema de fechas funciona de manera irreprochable, úsalo. Maj-Britt dice que tienen que avisar al plantel de la guardería y que es más complicado de lo que parece. Hay muchas opciones, dice, hay que andar con cuidado. Digo que me niego a ser parte de una sociedad obsesionada por la planificación, pero Bent tampoco cree que ese sea el caso de ese trabajo. Está descuartizando un cerdo en la mesa de la cocina, es un regalo de Navidad anticipado de las madres de Nor. ¿Cómo va el negocio?, pregunta Bent, que es un fiel seguidor de mi consultorio, aunque le parece increíble que yo lo considere un trabajo. Cuando dice que cobro un sueldo siempre le da la risa, como si yo hubiera timado al periódico. Cree que mis respuestas son un poco largas, pero que la del taxista y el camarero fue buena. ¿No te vas a poner anillo?, dice Bent y les hace un corte a las costillas del cerdo. Cree que hasta que no se ha dicho A no se puede decir B, y señala a la habitación de juegos. Digo que vivo de dar buenos consejos y no necesitaré más cuando por fin tenga tiempo libre. Bent me cuenta que hay ventajas fiscales considerables en lo que a matrimonio se refiere. Digo que soy socialista y que pago alegremente mis impuestos. Ya podrás con él, dice Bent. Retiro la vista al ver la cara del puerco muerto y llamo a mi hijo. Cuidado con el cerdo, Bent, dice Maj-Britt.

El profesor de guardia se ha puesto enfermo y he prometido encargarme de acompañar a Ringkøbing a Emma, que tiene que ir al médico. Estamos en la entrada esperando al taxi y ella piensa que es una locura lo que estoy tardando en sacarme el carnet. Los alumnos han apostado por cuándo aprobaré el examen y han puesto dinero en una porra común. Pronto tendremos suficiente para hacer un viaje a Cuba, dice Emma y saca del monedero la tarjeta sanitaria. Para qué ibas al médico, le pregunto. La profesora de Alfarería me ha contado que tiene clamidia y me ha dicho que no pregunte. Es una especie de virus, dice Emma enfadada. Vaya, dónde, digo, no suena bien, pero tampoco pareces estar enferma. Se enciende un cigarrillo y dice que se nota que he dejado de fumar. Tus uñas parecen mazorcas de maíz deshilachadas y tú, totalmente desequilibrada. El grupo Vida al Aire Libre y el de emprendedores ecológicos cruzan el aparcamiento con las mejillas rojas. Han estado recogiendo hierbas comestibles que van a transformar en una sopa por el clima. La van a vender en la ciudad, donde están organizando una manifestación pacífica junto con un grupo activista local. También es una protesta contra la Navidad, dice Emma, que piensa que es directamente terrorífico que transmitamos sin hacer crítica el cuento de un hombre blanco de mediana edad que baja del cielo y da regalos a los niños privilegiados. Digo que hay gente que afirmaría que la Navidad trata sobre el nacimiento de Jesús, pero a él también lo considera únicamente un representante del patriarcado. Los alumnos van a hacer un desfile con antorchas y cantarán en la plaza. Digo que eso hará que todos los dictadores y malhechores del mundo se paren a reflexionar. ¿Ese exterminio en masa ha sido una buena idea? ¿La violencia es la mejor solución? Emma dice que mi novio piensa que es una declaración superimportante. Lo han contratado para animaros, digo, nunca lo olvides. ¿Sigues escribiendo para esa revista femenina?, pregunta y aplasta con el pie la colilla. Periódico, digo, es un consultorio, hace falta sabiduría vital. Taxi-Helle entra en el aparcamiento y pita tres veces. La época de los oráculos ha pasado, dice Emma y se sienta en la parte de atrás.

Querido consultorio:

Soy un joven de primero de bachillerato y acabo de empezar mi primera relación real. Somos muy felices juntos, pero mi novia llora mucho. Intento consolarla y a veces ayuda, pero no siempre. Puede ser por cualquier cosa, no solo por riñas y desacuerdos. Yo solo he llorado dos veces delante de ella, pero antes nunca les había dado rienda suelta a las lágrimas. ¿Es verdad que es sano llorar? ¿Crees que se le pasará?

Abrazos,
Una balsa en el lagrimal

Querida balsa:

Teniendo en cuenta vuestra edad, creo que no debes preocuparte. Mi primera pareja tenía unos ojos enormes con forma de almendra. No solo eran profundos como el lago de un bosque, sino que estaban llenos de bancos de pececillos que se iluminaban como veloces montones de plata, plantas acuáticas oscilantes y lucios que acechaban a sus presas. Caían gotas de lluvia de verano y el drama crecía dentro de nosotras en aquellos años, irrumpía un nuevo y extraño mundo de catástrofes. Corrían las lágrimas entre nosotras, se convertían en charcos en los que chapoteábamos, la ría de Randers a la salida del sol. Llorábamos cuando notábamos la mínima distancia entre nosotras, aunque aparentemente no era más que la expresión de que, a pesar de cada contundente intento, seguíamos siendo dos personas distintas. Creo que lloré más en los tres años que Nanna y yo fuimos novias que lo que lloraré el resto de mi vida. Durante muchos años continuamos llorando cuando nos veíamos en un café o coincidíamos con amigos comunes. Cómo estás, decía ella, y yo comenzaba a llorar. ¿Y tú?, preguntaba yo y a ella le rodaban las lágrimas por las mejillas. Seguía hablándole directamente a mi corazón adolescente, que le respondía sin dudar en el mismo idioma. Después de tener hijos dejamos de llorar, y si hablamos, es cuando Nanna va en coche desde su trabajo hasta Mårslet. Ya hablaremos, dice ella, ya estoy en casa. Querida balsa: con la edad se llora menos, pero no es únicamente una cosa buena. Algún día echaréis de menos vuestras lágrimas.

Saludos,
El consultorio

Mi clase de hoy se llama Tráfico Denso en Herning y tengo que aprender a mantener la cabeza fría en situaciones de presión. La Las Vegas de Jutlandia, según dicen, anuncia Mona cuando pasamos por el cartel y yo bostezo. Es como si el cansancio siempre encontrase nuevos disfraces, le digo a Mona, se mete a presión en cada estado de ánimo. Las combinaciones son infinitas, mi novio y yo estamos cansados y enfadados, cansados y despistados, cansados y estresados, cansados y contentos. Como un largo paseo en trineo por la infancia, mejillas rojas y chocolate caliente justo antes de ir a la cama. Cansados como corredores de maratón, sudorosos y agotados, pero también orgullosos. Somos dos políticos que vienen con el ultimísimo recurso, puros apagados y copas de coñac medio llenas. Cansados como dos cuerpos lentos que se inclinan a la vez hacia un periódico mojado por la lluvia, como dentaduras postizas que se sonríen desde sus vasos de agua. El insomnio hace que nuestros rasgos se diluyan, nos convierte en clones terroríficos de nosotros mismos y, cuando estemos tan cansados que no volvamos a despertarnos, nuestro último bostezo será tan grande y silencioso como la muerte. ¿Crees que es normal?, pregunto. Sí, dice Mona, su novio tiene un niño y dos niñas de su anterior matrimonio. Por la noche entran en la cama de matrimonio y se tumban y ruedan de un lado a otro y Mona se está volviendo loca. Tendrían que darte un premio, digo y miro por el retrovisor, que me ciega debido al reflejo del sol. Tengo tres, dice Mona. Repetimos el giro a la izquierda y Herning se apodera lentamente de mí, chillo como si estuviera en una montaña rusa peligrosísima. Písale, grita Mona, y los ciclistas se apartan rápidamente como insectos enfadados, los carriles para girar están llenos y aparecen peatones de la nada. Herning es una bola de lana que rebota de pared a pared, húmeda y dócil. Es la Dubái de Dinamarca, solo que cargada de beicon, bufets anchos como avenidas, trompetas sonando en el denso tráfico.

El hielo cruje bajo mis pies y las ruedas de los carritos de los niños giran sobre la ría congelada. Krisser y yo caminamos juntas y nuestros alientos se transforman en grandes nubes delante de nosotras. Krisser tiene frío y quiere irse a casa a tumbarse en el sofá. Lo trata como a un miembro más de la familia y, cuando me llama mientras va del trabajo a casa, parece que es una persona querida con la que se va a reunir. El sofá es el antónimo de los sistemas de alarma, que en mitad de la noche saltan por error, y de los empleados desleales que pasan como figurantes por la pantalla. Es una islita en la que se tumban Krisser y su familia mientras miran hacia el invernadero, que ocupa medio jardín. Karsten era su profesor en la escuela de restauración y viticultor a tiempo parcial. Durante la semana de iniciación organizó una cata con distintos tipos de *pinot noir* para los estudiantes de primer año. El cultivo de la uva se remonta a antes de nuestra era, dijo, pero es delicada, influenciable, requiere cuidado. Fijaos en la piel tan fina que tiene, dijo y señaló al *powerpoint* con la imagen agrandada de una uva azul. Puedes venir a casa, pero no intentes nada, dijo Krisser después de haber probado tres variantes californianas y ocho francesas. Cerró la puerta de su cuarto y mandó a Karsten al sofá. Era de Ikea, color *beige* extraño y metro y medio de largo. A la mañana siguiente, a Karsten le dolía la espalda y tenía una resaca de campeonato. No vuelvo a beber, dijo, y dos días después llamó a la puerta. Cuando Krisser abrió,

Karsten estaba allí tras un precioso y enorme sofá que metieron en el piso entre los dos. He traído esto en vez de flores, dijo cuando estaban sentados resoplando uno al lado del otro. Anda ya, dijo Krisser y le dio un codazo. Era rojo oscuro, para que no se vieran las manchas del vino que le iba a caer, y Krisser dice que si hay algo que valora de Karsten es que siempre se anticipa. Así que me los quedé a los dos, dice y mira el carrito de Vera. Los niños se han dormido y nos volvemos hacia Velling. El cartel de la ciudad se refleja en los ojos de Krisser y hay algo bello y sencillo en su razonamiento que no se deja perturbar. Quizá yo nunca sepa por qué, pero es como si los acontecimientos de su vida no adoptasen las mismas raras proporciones que conforman mi existencia. Hoy deseo más que nada en el mundo estrellarme en esa paz con Krisser.

Canción invernal sin nieve

Canción de Año Nuevo

Melodía: *Blæsten går frisk over Limfjordens vande* (El viento cruza fresco las aguas del Limfjord)

Compositor: Povl Hamburger, 1937

Sopla enero su inquieta energía
sobre la ría y el frío mar
duda como una familia partida
gritan gaviotas con voz coral
oculto en el frío está cada ser
la lengua del hielo está con él.

Es siempre enero una farsa engañosa
siempre perdidos juegos de azar
himnos cantados con voz temblorosa
un corazón hecho de retal
un año invertido pasado es
la mesa destruida que bella fue.

Lleva enero un guante en la mano
toma aire hondo y con pesadez
humo danzante en aliento humano
como un cigarro que no se ve
tosemos, nos duele estornudar
y vaga el verano fantasmal.

Dice enero adiós a estas tierras
brilla el hielo que se formó

vamos al agua, la ría se hiela
más y más breves las noches son
va a ser primavera, qué pasará
despierta entre nieve el azahar

¿Es una especie de reunión entre padres y profesores?, digo y me siento a la mesa de tertulia de la Sede Central. El surfero de Søndervig parece contrito y me pone delante un batido de chocolate Cocio. Vas conduciendo y te duermes, dice Mona y me da un susto con su sonrisa de anuncio de dentífrico, ya ni siquiera sabes aparcar de frente. Le cojo del plato una patata frita, el surfero me ofrece una tarrina de *remoulade* y la mojo despacio. Tus giros a la izquierda son malísimos, dice Mona, y me recuerda que conducir demasiado despacio también es peligroso. La última vez que tuvimos clase Mona estuvo cada vez más reprimida. Es el quinto camión que nos adelanta, gritó al fin. Yo bostezo y me es imposible valorar si el pan del plato del surfero se desmigaja o si tengo los ojos ofuscados. El hecho es que estás ralentizando el tráfico, dice Mona, la sociedad está deteniéndose porque tu hijo no duerme. No dudes de nuestro apoyo, dice, y el surfero dice no con la cabeza. Te has convertido en un asunto de principios, dice Mona y hojea unos papeles. Setenta y dos clases extra, dice, y subiendo. El surfero tuvo una vez un alumno que se dejaba hipnotizar, también sabe por casualidad cuánto ha ayudado la acupuntura al miedo. Me mira y alza la mano para chocarla, pero Mona se la aparta de un manotazo. Ahora no, dice y se quita las gafas. Tengo que tirar la toalla, va a ser demasiado ahora que estoy dejando de fumar. Dice que ha apostado todo al vapeo, pero que ahora mismo su umbral del estrés está bajo.

Es el turno de Parking-Peter, dice Mona y le da la carpeta con mis horas. Se levanta de la mesa y me da una palmada en el hombro. Nos vemos para tomar unas birras y vapear, dice y desaparece en la rotonda de la carretera de Brejning.

Cuando entro en la guardería, veo a mi hijo sentado en la casita para jugar del jardín trasero. Maj-Britt y Bent están sentados juntos mirándolo, parecen una foto enmarcada por la ventana. En la mesa de la cocina hay restos de tarta y una gran caja de bombones. Ha sido el último día de Ella, que va a pasar al jardín de infancia. Menudo tiempo, dice Bent y se quita las gafas, hasta aquí la primavera. Afuera vibran las campanillas blancas y el viento hace que el mundo parezca incierto y accidental. Pasa el tiempo tan rápido, dice Maj-Britt, miras al cielo para ver si te tienes que poner chubasquero y cuando bajas la mirada se han ido. Doce metros por segundo, dice Bent, según el Instituto Meteorológico. Maj-Britt asiente. Tienen que avanzar, es así. Sus cuidados son vagabundos y han de encontrar nuevos caminos, nuevas personitas a las que querer. Por el contrario, Ella aún no sabe qué significa adiós y no tiene fantasía para imaginarse otra cosa que no sea que Maj-Britt también estará en el jardín de infancia o que Ella, en una especie de universo paralelo, estará ahí y, a la vez, en la guardería. Quizá le dará la lata a su madre para ir a ver a Maj-Britt un par de veces, pero dentro de poco se volverá tímida. Creerá que vuelve a un lugar conocido, pero dentro de ella cambiará algo. Su cuerpo crecerá y la perchita amarilla y su cajón pertenecerán a otro niño más pequeño. Esconderá la cara en la falda de su madre e intentará hacerse invisible. La visita será molesta y totalmente errónea, sí, casi imposible. Maj-Britt sonreirá a Ella, sigue conociendo a sus niños, son dos personas que siempre tendrán algo, aunque la más pequeña olvidará casi todo. Como Maj-Britt se encuentra entre los primeros recuerdos de los niños, ellos también se dejan algo en su guardería. Sus rasgos distintivos, diferentes tipos de errores al hablar, grados variables de testarudez, ataques de histeria y sonrisas somnolientas. En esa primera época de sus vidas humanas, Maj-Britt es un árbol plantado con solidez entre el viento, una calma que los niños, sin saberlo, llevarán consigo. En su último día en la guardería, Maj-Britt estará saludando desde la puerta hasta que no los vea, y así la recordarán, inalterable y llena de paz, como los mejores recuerdos de la infancia.

Querido consultorio:

Soy un hombre de treinta y pocos años que suele estar asustado. El miedo puede instalarse en mí como los relámpagos de un cielo claro y sin causa aparente. Aún no he encontrado a la mujer de mi vida y tengo miedo de morir solo. Mi familia es un gran apoyo y tengo muchos y buenos amigos. Según mi experiencia, los demás tienen control de todo. ¿Por qué crees que a mí me cuesta tanto?

Saludos,
El virgen

Querido virgen:

Es inútil que tu miedo a la muerte mate a otras personas, dijo mi profesora de autoescuela y me largó con un compañero. Él ha nacido paciente, dijo, y yo le contesté que estaba cagada. En cierto modo, me gustaría saber qué le dijo Mona exactamente para que incluso la manera en que Parking-Peter se pone el cinturón me parezca pedagógica. Se dirige a mí con severidad como si fuese algo intermedio entre una niña pequeña y una persona psíquicamente inestable y parece bastante impresionado cuando cambio de marcha. Muy bien, dice si pongo el intermitente antes de girar. Conozco su perfil mejor que su rostro, porque siempre estamos mirando hacia el parabrisas, ambos ansiosos por sobrevivir a la clase. Cuando gira la cabeza hacia mí, siempre me quedo sorprendido por que su cara sea simétrica. Por que haya dos ojos y una sonrisa que continúa hacia el otro lado. Me siguen asustando las obras repentinas en la carretera y los colegiales, pero cuando me siento al lado de Parking-Peter es como si todo encajase perfectamente, mi respiración cambia y se vuelve regular. Soy consciente del mal ambiente que creo en los semáforos y al principio pensé que le debía de resultar incomprensible, puesto que prácticamente vive en el coche. Un día, entre Højmark y Lem, carraspeó y me contó que una vez viajó a Estados Unidos con su hermano. En Arizona contrataron un viaje en helicóptero por el Gran Cañón. De repente vino una tormenta fortísima. El piloto parecía muy confundido e intentó contactar con el servicio de emergencias. Peter y su hermano estaban totalmente callados y aferrados al asiento. Cuando por fin aterrizaron, el piloto se quitó el casco y los miró. Se santiguó y les dio la mano. Solo para que sepas que yo también puedo tener miedo, dijo Parking-Peter. Querido virgen: todos tenemos miedo de algo, pero hay que intentar rodearse de gente que te mantenga las neurosis a distancia. Intenta encontrar a alguien que te haga creer que el tráfico es una criatura grande y bienintencionada que solo desea que todo el mundo llegue a tiempo.

Saludos,

El consultorio

Tres minutos, dice Anders Agger y pulsa el botón de su cronómetro, que va avanzando. Nos hemos sentado en un banco junto a la ría sin decir nada. Me pregunta si veo que uno se puede acostumbrar a esto. Me encojo de hombros, es como si me hubieran desaparecido las palabras. Entrenamos el ritmo de la conversación y bebemos café de un termo. Anders Agger dice que si uno quiere acercarse a los lugareños, lo importante son los detalles imperceptibles. Primer caso, dice. Acaban de atropellar a mi perro y nos encontramos por casualidad en la tienda. Dudo y le pregunto qué tal está. Suspendida, dice, demasiado personal. Y por Dios, no me mires a los ojos como si estuvieses intentando hipnotizarme. Te toca, digo, y Anders Agger carraspea. Qué triste lo de tu perro, dice y me mira a la cara en diagonal y de pasada. Si quieres entrar a hurgar, dice, pregunta si se puede pensar que es duro. Yo asiento. El se antes que el tú, dice Anders Agger, la situación antes que la persona. Me explica que se le da a la parte contraria una libertad en la distancia corta. Es importante y hay que respetarlo, porque en Velling no vive mucha gente. En las grandes ciudades se intenta destacar, captar atención; en las pequeñas intenta uno adaptarse y ser parte del paisaje. Se cultivan los parecidos en vez de las diferencias, la gente se recuerda mutuamente la solidaridad, esos son el objetivo y la lógica de las conversaciones. Vale, digo y tomo notas con el móvil. Y luego está el pudor, continúa, debe haber cierres impermeables para todo lo que tiene que ver con el cuerpo. ¿Nacimientos?, pregunto, ¿menstruación, entrenamiento? Todo, repite Anders Agger, a no ser que se trate de una enfermedad seria. Me pregunta si me puede dar un buen consejo. Nunca hables de procreación, dice y me mira insistente, el sexo es un tabú en el espacio público. Digo que me encantaría haberlo conocido antes. Anders Agger choca su taza de termo contra la mía. Para el cronómetro sin decirme cuánto tiempo ha pasado. Es como el amigo invisible, digo, pero sin regalos. Lo importante es ser frío, dice, si se está callado el tiempo suficiente, al final se pondrán a hablar.

¿A cuánta velocidad se puede circular en una rotonda?, pregunta Parking-Peter y levanta una ceja. A un máximo de cincuenta, murmuro. Ibas a ochenta, dice y levanta el pie de su pedal de freno. No lo he visto, digo, se ha lanzado al coche. Algunos alumnos van con cuidado, necesitan tiempo para habituarse a conducir. Otros son arriesgados y han de aprender a escuchar el tráfico. Pero tú eres impredecible, dice Parking-Peter y parece casi impresionado, tienes rasgos de principiante, de demente senil y de conductor que huye tras un atropello. El coche de detrás pita y Parking-Peter me dice que gire a la izquierda antes de pararnos en el supermercado Kvickly. Quédate aquí, dice y vuelve con dos caracolas de canela. Siento una inesperada solidaridad cuando me doy cuenta de que usamos la misma técnica. Mordemos el círculo exterior hacia la derecha y nos acercamos lentamente al baño de azúcar del centro. ¿Crees que dice algo de nosotros como personas? No, responde. Gira la cabeza y me mira un buen rato. No conduces bien, dice, pero es apasionante. Peter aparece ante mi mirada como persona en vez de como profesor de autoescuela, veo que también es un hombre, un padre, un vecino, un amigo. ¿Crees que me sacaré el carnet algún día?, pregunto justo antes de llegar al azúcar. Vamos paso a paso, dice y me da un Toblerone gigante. Acaba de estar en Alemania, y lo cojo como si fuera un remo que alguien me ofrece, un bote salvavidas en un mar efervescente.

Querido consultorio:

Soy una chica de once años y creo que mis compañeros de clase me tratan mal. Nunca me preguntan si quiero jugar y, cuando lo hacen, dudo si lo que quieren es burlarse de mí. No se me dan bien los juegos de pelota y tampoco me divierten. No me dejan jugar y se ríen de mí en las clases. Mi padre dice que no son amigos de verdad. Prefiero tener malos amigos a no tenerlos, pero a las personas que no son niños les cuesta comprenderlo.

Besos,
La solitaria

Querida solitaria:

No lo hago de buena gana, pero lamentablemente tengo que darle la razón a tu padre. Como suele decir mi madre, mejor que te ignoren a que te humillen. Por supuesto, esto no sirve para todas las situaciones de la vida. Si se ha acabado tu muesli favorito, compra el que tiene arándanos secos. Si no queda Prince 100, te conformas con Camel amarillo. Todos conocemos ese leve enfado con el segundo, pero cuando se trata de amigos, nunca hay que transigir. Siéntate y lee algún libro, yo me pasé toda mi infancia haciéndolo. En los cumpleaños infantiles siempre me llevaba un libro, me metía bajo la mesa y comía tarta mientras leía. La verdad es que me lo pasaba bien, pero de pronto tenía que hablar con un psicólogo y dibujar a mis padres. Miraba a mi madre, que me guiñaba el ojo, y hacía un sol feliz encima de mis personas de lápiz. Simplemente le gusta leer, dijo mi madre, no hay más. El psicólogo se quitó las gafas y asintió. Querida solitaria: no todo el mundo tiene talento para ser niño y no hay nada de que avergonzarse. Si no se tiene esa despreocupación espontánea, la infancia se puede hacer larga, soy la primera en reconocerlo. La buena noticia es que se es adulto mucho más tiempo que niño. Hay más posibilidades de salir de la soledad, se puede intentar con el sexo y el alcohol, pero por lo general es más fácil comunicarse porque, a pesar de todo, la mayoría de la gente se vuelve más civilizada con la edad.

Saludos,
El consultorio

La directora ha cogido unos conos del gimnasio y los ha colocado en el aparcamiento de la escuela muy separados entre sí. A ver, gira el volante media vuelta a la derecha, dice Malte y me recuerda que mire el retrovisor. Ayer tuvo clase nocturna con Mona y sigue totalmente descentrado. Estuvieron practicando la conducción con luces largas y giros en carretera. Malte se ha presentado al práctico tres veces, que fueron bien, pero en todas se saltó un semáforo en rojo justo antes de que se acabase el tiempo. Estás poseído, digo, y Malte asiente. Una vez estuve muy enamorada, digo, y fue como si aquellos ojos marrones me castigasen. Estaban por todas partes, me perseguían sobre todo por las mañanas. Las pasas de mis copos de avena, un puñado de avellanas, los posos de café que tiraba por el fregadero, estaban por doquier. Malte dice que es eso lo que le pasa con el BMW azul medianoche, sueña con él cuando se acuesta. Malte arranca el coche y me pone las manos en el volante. Mi novio viene andando con nuestro hijo por el retrovisor mientras yo tiro un cono. Bajo la ventanilla y digo que si te enamoras de otra persona es una cuestión de que sea el momento oportuno y, en última instancia, de perseverancia. Vale, dice Malte. ¿Estás dando un sermón?, pregunta mi novio. Es nuestro deber darlos, digo, y nuestro hijo estira los brazos hacia mí. A Malte le gustaría dar una vuelta hasta la Sede Central, así que mi novio abrocha la silla de nuestro hijo y me sustituye al volante. He cambiado de escalón en la cadena alimentaria, le digo a Malte, soy yo quien caza ñúes para que tengas algo que comer. Pero Malte es vegetariano y pide un perrito vegetal cuando nos sentamos en la mesa de tertulia. Cuando morimos, nuestros cuerpos se convierten en hierba, dice mi novio, es esa hierba lo que comen los antílopes. El mundo es un pañuelo, dice Mona y nos hace sitio para que nos sentemos. Pues parece que tampoco tanto, digo, y Malte parte en trocitos la salchicha de mi hijo y sopla.

Mi hijo sigue durmiendo hasta las doce y yo estoy esperando a que se despierte mientras Maj-Britt planta cebolletas en sus maceteros. Pensamientos y eléboros negros, dice y me enseña fotos de una revista de jardinería. Qué envidia, digo y señalo a dos moscas que están copulando apasionadamente sobre mi rodilla. La madre de Nor, que está entrando por la verja, dice que en su casa no hay nadie que se maree en la cama de agua. Sin embargo, tras una discreta encuesta en el club hípico, comprendió que era totalmente normal. ¿La mismísima respiración pesada de la realidad?, pregunto. La madre de Nor se encoge de hombros. Cerdos, caballos árabes, niños y una larguísima vida sexual habían mandado sobre ellas y las habían extenuado. Sus coitos se producían gracias a la buena voluntad y a decisiones inamovibles. La madre de Nor habla de una mañana en la que la vecina cuidó a los niños. Su mujer la estaba besando, pero ella no pudo dejar de pensar en si el pollo que había sacado del frigorífico se descongelaría antes de que llegasen los suegros. Pensó en si había que ponerlo en un cuenco con agua para asegurarse. Así puede perder sabor, dice Maj-Britt. ¿Vamos?, dijo la mujer de la madre de Nor y señaló con la cabeza hacia el dormitorio. A decir verdad, no pude olvidarme para nada del pollo, dice la madre de Nor, porque si no se descongelaba del todo había que subir la temperatura del horno. Así se queda seco, dice Maj-Britt. La madre de Nor notó que su mujer estaba demorándose, pensó que a lo mejor le costaba quitarse de la cabeza el trabajo en el matadero. La carne no se quedará tierna, la madre de Nor ya lo ha intentado antes, pero si se echa un poco de vino blanco, perejil y especias frescas, quizá sí. Eso es, dice Maj-Britt. Al final encontraron un ritmo. La esposa cerró los ojos, sí, pensó la madre de Nor, voy a hacer eso, sí, gritó, sí. ¿No te provoca una crisis existencial?, le pregunto. Niega con la cabeza y añade que lleva entrenando muchos años con una esposa a la que no le gusta el drama. Si tienes un sentimiento por encima de la media, ella se baja, dice la madre de Nor. No hay que crear problemas que no existen, dice Maj-Britt y pregunta qué tal quedó el pollo. A pedir de boca, contesta la madre de Nor.

Querido consultorio:

Soy un chico de quince años y me cuesta dormir por la noche. La chica de la que estoy enamorado se ha hecho novia de uno de mi clase y estoy destrozado. Soy del tipo de gente que se piensa mucho las cosas y he llegado a la conclusión de que la vida no tiene sentido. Por la noche me echo en la cama con mis grises pensamientos y me aterra el futuro. He pensado que quizá tenga depresión, pero no me atrevo a hablar de ello con mi médico porque me da miedo que me encierre.

Atentamente,
El insomne

Querido insomne:

Tienes quince años, así que no puedes ser ningún tipo de gente. El lóbulo frontal no crece, más o menos, hasta los veinticinco años, y está claro que hasta entonces somos un poco irresponsables. No sabes lo que es el insomnio hasta que no has tenido un hijo, algo que te desaconsejo enérgicamente. Es una pena que la chica de la que estás enamorado no esté interesada en ti, pero dentro de unos años no te acordarás de su nombre. En cierto modo, es más triste, pero ya lo entenderás. Cuando no se pueden controlar las cosas, es importante ignorar el futuro. Deja las grandes líneas y coge cada minuto de uno en uno. No sabes cómo superar tu tristeza amorosa, pero a cambio puedes notar si tienes ganas de una taza de chocolate. Haz las cosas lo más sencillas y a corto plazo que puedas, no pienses que querrías tener una buena vida, sino días buenos. Si mis clases de conducir van para largo es, entre otras cosas, porque siento que debería adelantarme a las trampas del tráfico. Mi profesor me ha dicho algo simple pero útil. El cuerpo siempre sigue a la mirada. Si ves un árbol en el arcén, no gires la cabeza para mirar, porque así te vas a estrellar contra él. Lo de mirar a los ojos al miedo es un malentendido generalizado. La verdad es que hay que mirar en otra dirección, si no, se acaba persiguiéndolo. Que no te asuste el médico, a quienes encierran es a los que viven en un mundo de color de rosa, el miedo es una condición vital de toda persona inteligente. Nuestra generación sabe que los aviones se pueden estrellar contra los edificios y la gente puede lanzarse hacia el cielo. Comprendemos que las células se reparten por el cuerpo, que la gente puede llevar bombas bajo la ropa, que aparecen conductores kamikazes por los accesos a las carreteras. Todo pasará, pero considéralo un alivio. Adorable insomne: la vida no es un acontecimiento, sino un movimiento fugaz e indiferente en un espacio oscuro. Aun así, puede haber momentos sueltos de belleza. Un buen poema, un cuadro especial, unas vistas que nos dejan sin respiración. Tu tarea es emplear el tiempo de la mejor manera posible mientras esperas la muerte.

Saludos,
El consultorio

A través de los amplios ventanales del comedor veo un montón de redes que se mueven tranquilamente con el viento. Al lado hay veintitrés pares de botas de pesca salpicadas de distintos tonos marrones. Los integrantes del colectivo Vida al Aire Libre han estado pescando y mi hijo está lamiendo una platija. Se le quedan trocitos de escamas en la lengua, que brilla a la luz de las lámparas de techo. Emma está sentada contorsionándose dentro de su camiseta ombliguera enfrente de mi novio y la mayor parte de su cuerpo se vuelve visible. No, no, no, grita la profesora de Ecología, que viene corriendo, abriéndose paso hasta el extremo de la mesa donde hemos puesto la silla alta en la que está sentado nuestro hijo. Se puede ahogar, grita y quita el plato. Habla de diferentes niños que se han ahogado bajo una serie de circunstancias que se podían haber evitado. Simplemente conoces a tres niños que han muerto por asfixia, digo. Resulta ser algo que ha leído en un artículo, pero eso no los hace menos reales, dice la profesora de Ecología y se sienta a mi hijo en el regazo. Él mira a todas partes buscando su filete de pescado y mete un dedo en el cuenco de *remoulade* y se reparte con cuidado la masa amarilla por las mejillas. Le informo a la profesora de que tenemos un niño de la naturaleza certificado. Él solo puede pescar y tiene un amplio conocimiento de gusanos pequeños y medianos, dice mi novio. Incluso se podría decir que en cualquier momento puede hacer tu trabajo, digo. La profesora de Ecología le limpia la boca a mi hijo. Mi novio dice que hemos elegido de manera totalmente consciente no enseñarle a nuestro hijo que todo lo que hay en el mundo es peligroso. No hay ninguna razón para dejar su salud en manos del azar, murmura la profesora de Ecología, pero dice que eso es asunto nuestro. Después de comer, los del colectivo se ponen en fila con el personal de cocina y reciben la ovación de los comensales. De repente, Emma grita y coge a nuestro hijo de la silla. Se forma un tumulto, la profesora de Ecología sale corriendo a buscar a la jefa de cocina, que tiene cinco hijos y sabe hacer la maniobra de Heimlich. Sin mover ni una ceja, coge a nuestro hijo, lo pone bocabajo sobre el antebrazo y le da golpes en la espalda. Todo sucede muy rápido y, después, nuestro hijo parece sorprendido. Un charquito de vómito con una espina blanca nos mira desde el mantel a cuadros mientras la profesora de Ecología nos consuela a mi novio y a mí, que estamos llorando abrazados.

Siempre pensamos que ya pasarán las noches en las que vamos de un lado para otro por el suelo cantando *Sang om merværdi*, una canción popular sobre la explotación laboral y la plusvalía. Nos hemos inventado una versión para nana en la que empezamos con un tempo rápido e histérico y después cantamos más despacio y con la voz más baja hasta que la melodía acaba siendo un débil susurro. Nuestro hijo mueve las manos y se ríe, pero se pone a gritar en cuanto nos callamos. Aunque, por supuesto, lo queremos, ya está claro que será de los que están encima del escenario con el pelo lleno de cerveza y una borrachera sin sentido pidiendo más canciones a gritos, entusiasmado, ansioso e incapaz de esperar. Soñamos con postales alegres de nuestro hijo, una voz ansiosa por Skype, fotos en la montaña o sentado en la playa rodeado de jóvenes sonrientes. Las pocas veces que duerme durante la primavera, nosotros bebemos vino de Oporto y navegamos por internet. Miramos fotos de campos de tulipanes y canales que atraviesan Ámsterdam formando dibujos desconocidos. Nos ponemos alegres, se nos empiezan a poner rojas las mejillas. Nos imaginamos Heineken y queso gouda, sexo salvaje en moteles baratos. Mira trenes desde Hamburgo, dice mi novio, y creo que nos damos cuenta a la vez de que intentaremos encontrar precios de billetes razonables en dos mil treinta y cuatro. De que pensamos que la infancia de nuestro hijo es un estado de excepción, un carnaval en el que nos ponemos máscaras raras y bailamos al son de ritmos extraños. Nos habíamos imaginado que este baile no tenía consecuencias, que dentro de treinta años nuestro hijo nos alcanzará y que los tres nos reiremos en la línea de meta. Brindaremos con copas de tallo largo y echaremos la vista atrás hacia su infancia como una fiesta salvaje que se recuerda con gran alegría y lagunas en la mente. Entendemos repentinamente y con retraso que nuestro hijo nunca nos alcanzará, que cuando tenga nuestra edad, nosotros dos tendremos poco más de sesenta. Estaremos cansados después de todos aquellos años, quizá aún más que ahora, aunque sea casi imposible imaginarlo. Seguramente nos habremos comprado una vieja granja en Suecia y esperaremos que nuestro hijo se pase con su familia durante un puente. Llevaremos a su hijo a ver alces, encenderemos una hoguera junto a un lago y contaremos las picaduras de mosquito por la mañana. Nuestro hijo y su pareja dormirán a pierna suelta en el anexo sin nada de plusvalía, y cuando se vayan a casa, nos sonreiremos y nos sentiremos igual que esta granja. Alguien meterá el aspirador en el armario, quitará las migas de las mesas, meterá los muebles del jardín en el refugio y los plegará. Se dan portazos, alguien se toma la última, cierra la puerta de cada habitación, ve restos de una telaraña, pero no es capaz de quitarlos. Hacemos sombras con el tardío sol vespertino, falla una cerradura, un carrito de muñecas olvidado se oculta tras el escaramujo. Oímos el ruido de ruedas en la gravilla, un coche se aleja lentamente, nos convertimos en una granja solitaria que entiende que está llegando el invierno.

Canción de cuna para los desconsolados
Elegía

Melodía: *Lille Idas sommervise* (Canción estival de la pequeña Ida)
Compositor: Georg Riedel, 1973

El sol a la ría se acerca
el cielo es un cuadro sin fin
y reptan lombrices en tierra
tus gritos las hacen dormir
las olas arriban a su final
las dunas se juntan después
y damos más vueltas hasta cantar
duetos para estremecer.

Yo creo que un viaje de estudios
es algo valiente que hacer
ir al otro lado del mundo
pues dicen que es bello de ver
tú junglas y bichos extraños ves
te endeudas con velocidad
y crees que todo aventura es
nosotros sufrimos sin más.

Sí, tras la ventana, a lo lejos
en tierras que fuiste a habitar
está el mundo impío y bello
extraño, admirable, anormal
si oyes a un grupo animándote
y giras el rostro al oeste

verás a tus padres mirándote
en el fresco viento presentes.

Oveja nocturna que bala
oculta en la oscuridad
los grajos cantando en las ramas
acallan tu propio cantar
por fin el concierto va a concluir
y pasa el discreto callar
bostezas cansado hasta sonreír
los ojos se van a soñar.

LA TIERRA DE LAS FRASES CORTAS

Entre las dos rayas, dice Parking-Peter con énfasis en «entre». Estamos en su Audi a medio metro de una plaza de aparcamiento del ROFI-Centret. Al principio tuve problemas para entender lo que decía, pero he ido teniendo tiempo de sobra para aprender su dialecto. Ahora retrocede marcha atrás, dice Parking-Peter. Se dice dar marcha atrás, corrijo. No fastidies, contigo nunca se sabe, dice. Suelto embrague y estamos a punto de dar a una bicicleta aparcada. Aunque se retroceda marcha atrás, la derecha sigue siendo la derecha y la izquierda, la izquierda, por qué ninguna mujer lo entiende, murmura con una amargura que, por alguna extraña razón, le sienta bien. Eh, eh, digo y le pregunto si de verdad piensa que se puede generalizar sobre la mitad de la población mundial. Sí, me contesta. Probamos con otra plaza. Gira, gira, gira, grita y dice que la única diferencia entre ir recto y marcha atrás es que no se va recto, sino marcha atrás. Parking-Peter pregunta si sé dónde están la izquierda y la derecha. Le cuento que de pequeña cambiaba las letras de sitio y que no dejé de hacerlo hasta bien entrados los quince. Cuando escribía mi nombre, parecía caracteres asiáticos, digo. Parece que nos hace falta uno, dice Peter y me da un caramelo. Giro el volante media vuelta y miro por encima del hombro. Parking-Peter abre la puerta y comprueba la distancia que hay hasta la raya. Cree que hay esperanza y fijamos la hora para una nueva clase. ¿Con factura o en negro?, pregunta y saca el calendario. Digo que soy socialista y que pago alegremente mis impuestos. Suena a caro, dice Parking-Peter.

Querido consultorio:

Soy un hombre joven y recientemente he sido padre de gemelos. Para mí es una gran alegría tener una familia y mi mujer es una persona fantástica desde casi todos los puntos de vista. Sin embargo, a veces percibo que se enfada conmigo sin razón aparente. Intento ayudarla cuanto puedo y creo que no eludo mis responsabilidades. Aun así, de vez en cuando me mira y dice: ¿Les doy yo de mamar o quieres hacerlo tú? Le he propuesto que pasemos al biberón para poder estar más involucrado y gimotea y dice que todas las asistentes recomiendan la leche materna porque previene infecciones, asma y alergias. No entiendo qué hago mal, ¿y tú?

Atentamente,
El marido

Querido marido:

Mi amigo Frederik tiene una mujer que se llama Line. Tuvo un parto complicado que duró tres días. Line no habló con nadie, sino que de vez en cuando meneaba la cabeza como si estuviera rodeada de moscas. En medio de una tormenta de contracciones oyó de repente cómo Frederik le pedía a una enfermera dos ibuprofenos. Se había quedado despierto toda la noche jugando al ordenador, y cuando a eso de las tres se iba a la cama, Line rompió aguas. Mientras vomitaba, oyó a su marido decirle a la comadrona que probablemente había estado sentado en una mala postura, que tenía la nuca tirante. Se levantó de la bañera de partos, las gotas de agua le caían por su enorme cuerpo como pequeños ríos. Gateó hasta el borde, fue cojeando desnuda por el pasillo y agarró a la comadrona, que estaba yendo hacia el armario de las medicinas. Por primera vez Line abrió la boca y no se oyó un desenfocado ruido de animal. Si se lo das, te mato, dijo lenta y claramente, como una actriz que lee un audiolibro. La comadrona, que estaba acostumbrada a las embarazadas, le dio una palmada en el hombro y se dispuso a abrir el armarito. Line la miró a los ojos y le puso el brazo alrededor del cuello. Desde fuera parecía el inicio de un abrazo, pero Frederik estaba cerca y vio los dedos de Line acariciándole la garganta a la comadrona. Miró a la alarma, que estaba en la pared contraria. Vale, dijo y volvió con Line al paritorio. Lo he discutido con muchas amigas y hay división de opiniones. Es cierto que se puede argumentar a favor de que le dieran los ibuprofenos a

Frederik, pero hay que distinguir. El problema es simplemente que puede ser difícil. Querido marido: bienvenido a la ira primigenia. Lo que tienes que entender es que se trata de una rebelión biológica que se dirige contra la naturaleza. No es intercambiable por una amargura del montón, tiene que ver con una ira ciega que proporciona el eco a través de los tiempos. Lo que notas no es solo la ira de tu mujer, sino también la de su madre y la de su abuela, es un trueno ensordecedor a través de generaciones. Es un miedo colectivo a ser violada, dolores menstruales mareantes, partos solitarios y la sensación de que nadie te da las gracias. No es culpa de nadie, pero es una carga que soportamos y que no siempre se puede llevar en silencio. Ten cuidado con la ira primigenia. No lo tomes por el lado personal, pero tómatela en serio.

Saludos,

El consultorio

Es ocho de marzo y he invitado a las chicas al Mylles. Estoy en la puerta con mi jersey morado de punto con un puño y el símbolo de Venus en la tripa. Perdón por llevar sujetador, dice Krisser, y perdón por votar a la derecha, pero gracias por haberme invitado. Vemos a Emma sentada a una mesa con otros alumnos de la escuela. Lleva contorno negro bajo los ojos y los alumnos se han cortado el pelo entre sí de manera improvisada. Parecen presos de un campo de concentración, susurra Krisser, por qué parece que las feministas siempre están enfadadas. Coge una copa de champán, digo cuando entra la gente, feliz día de la mujer. No se le puede llamar champán si no es de Champagne. El Asti tampoco está mal, dice la directora. No, dice Krisser, el Asti es un delito de lo más vulgar. Bueno, dice Mona, y brindamos. La señal más clara de que estoy borracha es mi dedo índice. Señala hacia arriba cada vez que tengo razón y no aguanta tonterías. Vacilo después de que mi dedo se estire entre la niebla de humo del Mylles. Me voy a sacar el carnet, le grito a Mona, nada es imposible para quien tiene voluntad en el corazón. Le digo a la directora que irradia luz, que sus ojos brillan como mil estrellas. Llorad por mí, llorad, susurro, es Roma lo que está ardiendo. No habrá para tanto, dice la directora. La verdad es que me caes bien, le susurro a Emma, porque estás cabreada. Lee a Solanas, digo, lee a Bønnelycke, cómprate un revólver. Emma parece enfadada y adulada y anota los títulos que le voy recitando. A la profesora de Ecología se le nota que tiene que hacer pis e intento llegar hasta Krisser, que la ha arrinconado. Están hablando de las asignaturas ecológicas y Krisser se ha puesto en un plan de borracha mala. Porque tengas un huerto en la cocina no eres emprendedora, le dice a la profesora de Ecología, no se puede emprender un huerto. Esta le explica los pensamientos fundamentales de la permacultura y Krisser gimotea. Miro a la profesora y pienso que no hay nada más triste que un idealista harto. Sueña con un mundo de paneles solares e insectos comestibles, tiene las mejillas rojas y defiende su causa con fervor. Estoy perdiendo la paciencia, dice Krisser y pone los ojos en blanco. Empréndete unos chupitos, grita y me tira el monedero. Lo atrapo justo cuando pasa junto a la coleta de Mona. No tienes ni idea de lo que es tener un hotel, dice Krisser y mira intensamente a la profesora de Ecología, que niega con la cabeza. La directora choca dos botellas verdes y da un discurso sobre las mujeres en la vida de Grundtvig, la niñera, la madre y las esposas. Cuando vuelvo con diez chupitos de licor de granada, Krisser tiene lágrimas en los ojos y la profesora de Ecología le ha puesto el brazo en el hombro. ¿Es por las sillas?, digo. Ambas asienten. Cuando Krisser se emborracha, siempre se acuerda de un pedido incorrecto que es incapaz de perdonarse. Ahora las tiene en el bar y cada mañana las mira con odio. Tienen los días contados, murmura y me enseña fotos de ellas desde diferentes ángulos. La música de la gramola va diluyéndose, los labios de la gente se mueven mudos hacia arriba y hacia abajo y yo observo a Mona. Siempre he pensado que eras una diosa de la belleza, le digo. Me da un vaso de agua y me pregunta por qué no salimos a clavar clavos. El tueco está en una trastienda y Mona gana con cinco martillazos.

Hay que decir que practica en el garaje de casa cuando los alumnos de la autoescuela le han dado un mal día. Tú tienes tu propio tronco, Hipopótamo, dice Mona y me sonríe. Por qué crees que conmigo no hay esperanza, pregunto. Es solo que eres un poco así, dice. Un poco qué, grito. Alternativa, dice Mona y me da el martillo. Por encima de la cabeza le brilla un halo y me dan ganas de arrodillarme a su merced en medio del grasiento suelo de hormigón. Tienes que irte a casa, dice Krisser y llama a un taxi. Nadie se ha quedado embarazada por eso, murmuro. Depende de quién esté en el taxi, dice Krisser. Taxi-Helle me da una bolsa de plástico que ha sacado de la guantera y me abrocha el cinturón. Antes de girar por Fjordvejen, veo que Mona se ha subido a una silla del local. Hello Kitty baila alrededor de su cuerpo y ella alza la botella. Quién quiere, grita. Velling, brama el Mylles mientras la ría escucha en la oscuridad.

Estamos en el búnker de la playa mirando el mar del Norte a través de un agujero. Anders Agger ha traído dos medallas de nata de la tienda y miramos a las olas, que, por turnos, se retiran y vienen hacia nosotros como si estuvieran respirando con normalidad. La espuma es espesa y parece pequeñas esculturas de pompas de jabón que bailan sobre la arena. Anders Agger me pregunta si voy avanzando y si hago los deberes. Me acaba de pasar algo con la jefa de cocina, digo. Me iba a enseñar a hacer *risotto*, limpiamos los champiñones y cortamos cebolla. Uno de cada ocho granos de arroz se tiene que quedar pegado a los dientes, dijo y me miró muy seria mientras yo rallaba el queso parmesano. Dije que sería maravilloso si viviera en casa con nosotros y pudiera hacernos la cena todos los días. Bien, dice Anders Agger, reconoces su saber y expresas tu agradecimiento. Gracias, le digo. Y la jefa de cocina pensó de verdad que estaría bien. Y así también podrías cuidar de nuestro hijo, se te dan muy bien los niños. Anders Agger anota en su libreta algo que no puedo leer. Ah, sí, dijo la jefa de cocina, uno más o uno menos. Podrías hacerle dormir por la noche, dije, y después podrías colarte en nuestra cama y ser un soplo de aire fresco en nuestra vida sexual. Anders Agger suspira y dice que tengo la gran suerte de no ser un hombre. La jefa de cocina cogió un cuchillo de medialuna y se puso a cortar perejil. Se hizo un silencio absoluto y el resto del personal dejó de verter, dar vueltas, cortar, lavar, amasar y secar. Hubo algo que me hizo pensar que era el momento adecuado, digo, parecía que encajaba. Sufres de asociaciones suspendidas en el aire, dice Anders Agger. Con la boca llena de nata, digo que él es el único que me comprende. Intento quitarme nata de la punta del pelo. Es mucho decir, pero sigo tu lógica. Cómo saliste de la situación, pregunta, y pienso que lo dice con cuidado. Nos conformamos con la comida y los niños, dijo con decisión la jefa de cocina y volvió al trabajo. Repites los errores con una perseverancia digna de admiración, afirma Anders Agger. Cuenta hasta diez antes de hablar, dice, frases más cortas y menos lenguaje simbólico. Chitón, mascullo, pero Anders Agger niega con la cabeza y dice que mientras haya palabras, hay esperanza.

Me subo al asiento delantero al lado de Malte, que, para tristeza suya, se sacó el carnet la semana pasada. Delante de la guardería de mi hijo, intento meter el carrito en el coche. Lo peor de la maternidad, sin duda, son los requisitos que exige, le digo a Malte. Odio los aparatos plegables, desplegables o replegables. En general, las cosas que hay que meter en otras cosas. Es increíble que sea capaz de hacer el coito, le digo al vecino, que me mira por encima de su seto. Odio los tendederos, los sofás cama, las camas plegables, las sorpresas de los huevos Kinder. Sillas altas, asientos abatibles, cambiadores portátiles. Y luego no tengo tolerancia alguna hacia los carritos, digo. Emmaljunga, gorjea la gente, son facilísimos de plegar. Solo hay que aflojar el manillar, se levanta el cierre metálico y listo. Cuando tiro de los manillares al mismo tiempo, no pasa lo mismo que cuando lo hacen los demás. Cuento hasta diez, aparto al gran monstruo, doy un par de pasos atrás, me vuelvo a acercar. El Emmaljunga recibe un golpe porque es muy provocador. Intento levantar el cierre metálico, pero cuando suelto uno de los manillares, se cierra el chasis. Empiezo a darle patadas. Primero con tranquilidad a la rueda, para que a los transeúntes les siga pareciendo un gesto amable, menos mal que el carrito tiene ruedas, una especie de choca esos cinco con el pie. Golpeo con el puño la capota, lo llevo a la acera e intento reducir al mínimo mis ruidos animalescos. Maj-Britt abre la ventana y me llama con su calmada voz, la que usa cuando dos niños quieren jugar con el mismo muñeco. Le da un grito a Bent, que viene corriendo y recoge del suelo la caja del carrito. Maj-Britt me da un vaso de agua por la ventana. Me doy cuenta de que tengo la cara empapada de sudor. Con mi hijo nunca me pongo así, le digo al rostro de Maj-Britt, que está colgando como una planta en el marco de la ventana. Ya lo sé, dice. La madre de Nor aparca el coche y salen los niños dando saltos. Se pone a plegar el Emmaljunga y dice que esas cosas no pasan con un Odder. Lo vio con el niño número dos y desde entonces no ha usado otro. El matrimonio que vive enfrente ha salido a la calle, recogen el conejo de peluche de mi hijo y lo sacuden. Tuvieron un Emmaljunga para el pequeño y, junto con Bent, se ponen a plegar el carrito con ayuda de una especie de clavijas que hay en el fondo y en las que nunca me había fijado. Apenas puedo respirar porque estoy pensando en usar la violencia, porque el Emmaljunga, con su injusta discriminación, se deja plegar por todo el vecindario, pero conmigo, que soy su dueña, se comporta con hostilidad. Me pongo a hablar de mi novio. Cree que me bloqueo con cosas prácticas, digo, ha creado un principio según el cual voy a plegar el carrito yo sola. Seguro que tu marido tiene buena intención, dice el vecino. No están casados, dice Bent, y yo cierro el maletero de un golpe. Ahora que el Emmaljunga ya no está, noto que mi enfado cambia de dirección. Digo que voy a matar a mi novio cuando llegue a casa. Los hermanos de Nor parecen vacilantes. Es una manera de hablar, dice la madre de Nor. Miro a los ojos a los niños y niego con la cabeza. Cómo lo vas a matar, pregunta el hermano de Nor, que parece asustado, pero también impresionado. Una pala, digo, y después el carrito. Vete a casa y relájate, dice el vecino, solo necesitáis una pausa. No me queda claro si se refiere a mi novio o al Emmaljunga. Sabes hacer muchas otras cosas, grita Maj-Britt antes de cerrar la ventana. Mi hijo alza las manos desde el asiento trasero. Gracias por ayudarme, le digo a la pequeña congregación. *Vi vil i Velling*, responde la madre de Nor y sonríe.

Querido consultorio:

Soy una chica de dieciocho años y medio y me pasan cosas por la cabeza. Uno de mis profesores es un hombre guapísimo, alto, moreno y exmodelo. Estoy muy enamorada de él y creo que él alberga los mismos sentimientos por mí. El viernes de la semana pasada, tras una noche en el bar, nos sonreímos delante del grifo de cerveza y, como estaba cuidándonos, sé que no estaba borracho. Escuchamos A whiter shade of pale *y casi se me corta la respiración. Tenía muchísimas ganas de bailar con él, pero creí que no era apropiado pedírselo. Al día siguiente, puse un enlace a la canción en Facebook y él fue el primero en darle a* like. *Terminaré el instituto dentro de medio año, ¿espero para declararle mi amor? ¿Crees que siente lo mismo que yo?*

Un beso,
Vanilla

Querida Vanilla:

No me malinterpretes, comprendo la atracción. Lo prohibido es bello, fantástico. Dicho esto, creo que tu carta es de otro mundo. Probablemente es una debilidad humana, pero no soporto a la gente fantasiosa. Esa manera de flotar dos metros y medio por encima del suelo y visualizar cosas me provoca. Le tengo mucho cariño a mi vecino, Sebastian, y me gusta que sea tan fácil de inspirar. Ayer estuvo en mi salón dos horas con los ojos brillantes hablando acerca de un modo de vida sostenible. Parecía que estaba soñando y quería tener gallinas. Vale, dije, pues tenlas. Sebastian quería retirarse del mundanal ruido, según estaba comentando. Oí que había leído una columna que no tenía que haber leído, que seguramente la habían recortado del periódico y puesto con imanes en la nevera, que le había llegado algo peligroso y acrítico. Quería salir del círculo vicioso y vender huevos en la carretera, montar un huerto y plantar árboles frutales. Perejil, romero, salvia, sonrió, y yo tomé aire. Tienes dos hijos, le recordé, no les puede faltar de nada. Las cosas no son lo único que hay en el mundo, dijo Sebastian y tuvo la sensación, totalmente errónea, de que era él quien tenía que aleccionarme a mí. Necesitan comida, dije, ropa, regalos de Navidad. Tendrán huevos y plantas, sermoneó Sebastian, y él daría de comer a las gallinas cuando se levantase por la mañana, metería los pies en unas sandalias abiertas, tiraría al patio un par de puñados de grano. A mediados de marzo hace demasiado frío, dije. Mis palabras no querían entrar en los oídos de mi vecino, que estaban llenos de pollos sin cabeza. Querida Vanilla: si se quiere vivir de la venta de huevos, hay que construir un gallinero. Si quieres entrar en el mundillo de las plantas, te diriges a una jardinería. Si se quiere tener novio, no puede ser una persona que te pone una nota. Cuando suena la música y las gallinas cloquean, te puedes dejar arrastrar, pero recuerda que no solo porque algo sea prohibido los orgasmos van a ser mejores. Esto te lo digo por experiencia. Y la edad no se cuenta por medios años desde que se acaba preescolar.

Saludos,
El consultorio

Es que lo veía, dice Krisser y me habla del año pasado, cuando compró su casa de verano de Stauning un día que salió a dar una vuelta. Me habló, dice Krisser y abre una botella de vino blanco. Las semanas siguientes fue detrás de su suegro animándolo mientras este ponía la casa a punto según sus indicaciones. Trabajamos de maravilla juntos, dice Krisser y me enseña la terraza. Me siento en una tumbona y miro el suelo de parqué que ha puesto el padre de Karsten. Como nos habíamos conocido hace unos meses, Krisser comenzó a quedarse callada. El silencio le puede sobrevenir como un soplo de viento inesperado y sus ojos se evaden. Me muerdo el labio inferior y pienso en Anders Agger. Me es imposible valorar si la situación es violenta o totalmente normal. Entro en pánico y le escribo. Mi móvil vibra medio minuto después. Simplemente se está relajando en tu compañía, responde. Enciendo un cigarrillo y cojo un puñado de patatas fritas. El ruido crujiente que tengo en la cabeza me tranquiliza. Por qué no nos hacemos un tatuaje de amigas, pregunto. Quizá, dice Krisser, y parece ausente. Podría ser un caballito de mar, digo. Krisser me pregunta si creo que se podría hacer el hotel en miniatura. Se mira el brazo y opina que el tatuaje quedaría demasiado ancho si se pone el edificio anexo. Ser amiga de Krisser puede ser una pequeña pena de amor y no es la primera vez que me sorprendo teniendo celos del hotel. Noto que está perdiendo interés en la conversación y sus palabras se convierten en breves sonidos. No siempre es necesario hablar, pienso, es muy relajante estar con una buena amiga mirando la ría. Los niños están durmiendo, el sol está poniéndose, las patatas crujen, la hierba crece. Nuestros vasos están vacíos y ella bosteza ligeramente. Mira, un ciervo, digo y señalo a unos arbustos que están al borde del mar. Dónde, dice Krisser y se pone en pie. Estaba justo ahí, digo y levanto mi copa. Krisser los ve a veces comisqueando la hierba por la mañana y Vera y ella los saludan. ¿Sabías que los ciervos tienen cuatro estómagos?, pregunto. No, dice Krisser y se vuelve a quedar en silencio. En qué piensas, le pregunto con la mayor delicadeza posible. Estoy de relax, responde. ¿Estás cansada?, pregunto. La verdad es que no, contesta. Me tengo que ir a casa, digo y me levanto. Por qué, pregunta Krisser y parece sorprendida, como si yo acabase de interrumpir algo.

¿Cuánto tiempo pueden estar en silencio dos amigos?, le grito a la directora, que está podando el seto. Un cuarto de hora, responde y apaga la motosierra, un poco más si están en un coche. Aquí es otra cosa, dice la directora mientras nos sentamos en su cocina, no hay mucho que hacer. Las amistades surgen de la necesidad, como el borde de una zanja cuando se tienen muchas ganas de hacer pis o toca aguantarse. Todos necesitamos testigos y coartadas, invitados a fiestas, gente que acompañe. La directora me da una bolsa anudada. ¿Es de Sebastian?, pregunto. Como muchos de nosotros, no supo decir no a tiempo y ahora es tarde. Ay, qué bien, exclamó entusiasmada la directora la primera vez que Sebastian le dio su *knækbrød* casero. Llevaba harina de espelta y cinco tipos distintos de semillas que había molido él y lo horneó y lo repartió. Me vuelve loca el *knækbrød*, llegó a exclamar la directora, que abrió la caja y dio un gran bocado. Yo, que odio tener cosas secas en la boca, dice. Estaba demasiado duro, le crujía entre los dientes, notaba cómo se pegaban las migas a las encías y pensó en sus empastes de oro. Le explotaban en la boca los distintos gruesos granos e intentó quitárselos con la lengua. Se nota en el sabor lo sano que es, le dijo la directora a Sebastian con la boca llena de grano y un poco más contenida. Ahora había *knækbrød* cada vez que se reunían. No podía ni dar una vuelta por el Jardín de las Maravillas sin que Sebastian sacase la cabeza por la ventana y le diera un paquete cuadrado y duro. La provisión semanal, decía y sonreía con su gran corazón puro. Qué hacéis con él, pregunta la directora. Los pájaros, digo. En su escritorio hay una larga lista de nombres. ¿Es de la agencia matrimonial?, pregunto, y ella asiente. Tiene un sistema de estrellas para cada persona dependiendo de lo sociables que sean. Irascible pero hospitalaria, pone debajo de la peluquera, que se acaba de quedar viuda. Es pronto, dice el marido de la directora, que está limpiando un pincel, deja antes que se enfríe el cadáver. Abajo encuentro el nombre de mi novio con una flecha que señala hacia el mío. Debajo de él hay cinco estrellas, pero yo solo tengo dos. Eh, eh, digo. Te baja puntos ser hija única y luego hay algo en tu temperamento, dice. Simpáticos pero tercos, pone debajo de nuestros nombres. Sois un caso cerrado, solo hay que poner las formalidades en su sitio, dice la directora.

Querido consultorio:

Soy una mujer de treinta y cinco años y llevo soltera mucho tiempo de forma involuntaria. Lo he intentado todo, pero es imposible encontrar a alguien que case con mis necesidades. He pensado en apuntarme a Casados a primera vista, *pero no sé si me estresaría que me siguiera un equipo con cámaras, puesto que soy una persona bastante reservada. Por otro lado, sería una amargura no participar y ver a mi potencial compañero irse con otra. Sé que mi media naranja está ahí fuera, ¿pero cómo la encuentro?*

Atentamente,
La buscadora

Querida meticulosa:

Los términos que se usan cuando se habla de citas proceden de la jerga del consumidor. Se trata de las necesidades, deseos y exigencias del soltero, lo cual es extraño cuando justo lo que queremos alcanzar es salir del perpetuo yo, yo, yo. Cuanto mejor se sabe lo que se busca, más difícil es encontrarlo. Todos somos animales y no es posible hacerse de antemano la idea de quién nos conviene, ya que la realidad no es un ramo de flores que puedes arreglar y poner en la ventana. Deja de controlar e imagina que eres una puerta abierta hacia el mar, una tumbona que se despliega bajo el sol, un buen libro abierto en la hierba. Encontrar un novio es ponerse a disposición de otra persona. No te preguntes qué puede hacer tu cita por ti, sino qué puedes hacer tú por tu cita. La mayoría cree que necesita algo distinto a lo que les falta desesperadamente. La buena noticia es que es bastante sencillo. Si eres divertida, no tienes que buscar a alguien que también lo sea, sino a alguien que quiera reírse. Si se te da bien cocinar, no vayas a por un cocinero, encuentra alguien que tenga hambre. Querida meticulosa: todo el mundo tiene un espacio solitario y oscuro en su interior. Imagínate un agujero en el fondo del mar al que tiramos distintas cosas. Colecciones de sellos, jardines con huerto, viajes de mochilero, animales de compañía, alcohol, literatura. En momentos de debilidad nos viene la idea de que el agujero tiene forma humana, que es un pequeño rompecabezas al que solo le falta una pieza. Buscamos a alguien que encaje justo ahí y que pueda ahuyentar a la oscuridad.

La intención es buena, pero es falso. La oscuridad es nuestra y no se puede compartir con nadie. La media naranja no eres sino tú misma, y estás sola.

Saludos,
El consultorio

Mi novio está cansado y tiene resaca, y me entero justo después de haber empezado la conversación. No está de humor para mi crisis vital. Me siento atrapada, digo, en una jaula de niños y viento. Es temprano y veo que mi novio piensa en si puede tomarse la libertad de hacer café cuando estoy llorando. Su mirada divaga, tiene unas ganas increíbles de tomarse una taza. Mide el camino que hay hasta la mesa de la cocina donde está la cafetera al lado del bote de granos de café. Para mí es únicamente soledad, pero para él hay una primavera, una *højskole* y una pista de tenis. Ha quedado con un compañero de trabajo y veo cómo evita mirar el reloj cuando intenta mirarme a la cara como si fuera una pantalla de cine, un acto que en algún momento ha de interpretar y criticar. Intenta ocultar un bostezo. La mayoría de las mujeres que conozco saben bostezar sin abrir la boca, pero él no es tan profesional. Veo que ha tomado una decisión y me pone delante dos trozos de papel de cocina. Empieza una frase, va hacia la mesa de la cocina caminando hacia atrás y hablando mientras echa el agua en la cafetera y muele los granos. Llorar está bien, dice mi novio, y yo sospecho que está recordándose que me pueden surgir lágrimas. Creo que lo que nos separa es que él tiene una confianza ciega en el consuelo. El problema de mis lágrimas es que no pasan como los chaparrones, son como *Sensación de vivir*, que sigue y sigue y cuando por fin piensas que es imposible que haya más temporadas, empiezan las reposiciones. El café gotea y comprendo que hay un límite para todo. Sé que mi novio está esperando y que cuando termine de esperar, esperará un poco más. En parte, por deber, pero sobre todo por amor, aunque son intercambiables y se solapan ligeramente. Aparentemente nos veremos en el otro lado, él, aliviado, yo, más feliz. Aun así sé que el orden es determinante, que existe la posibilidad de que él deje de esperar antes de que yo deje de llorar.

Aprieta los muslos, me grita Krisser al oído. Estamos encima de un toro de rodeo en Baboon City, a las afueras de Herning. Hay un viaje de empresa para los empleados del Hotel Skjern y Krisser ha insistido en que fuera con ellos. Será algo tranquilo, dijo por la mañana cuando llamó a mi puerta, y necesitas que te dé el aire. Me ayudó a ponerme una camiseta con el logotipo del hotel en la tripa. Pero por qué, dije como si me estuvieran castigando por algo que no había hecho. Para hacer piña, dijo Krisser y cerró de un portazo la puerta del coche. En la Sede Central suelen hablar de Krisser y siempre esperan que no esté en la carretera cuando sus alumnos tienen el examen práctico. Por qué nunca pones el intermitente, le pregunté. A la gente no le importa dónde voy, dijo y giró hacia Herning. Esa fulgurante velocidad a través de este lento mundo me divierte, pero lo que me conmueve es la manera en la que de repente se calla, firme como una decisión ya tomada. A veces aparece de la nada cuando más la necesito y se queda de pie. Ahora estamos aquí pegadas sobre el lomo de un toro. Tú respira y agárrate fuerte, dice Krisser, y si hubiera sido otra persona, habría pensado que había que entenderlo simbólicamente, un mensaje para mí y para mi vida, pero es Krisser, y eso simplemente quiere decir respira y agárrate fuerte. Nos sacudimos en la silla y nos aferramos la una a la otra. Baboon City se desdibuja, los rostros se disuelven y se intercambian, colores y plásticos se fusionan parpadeando como el miedo y los sueños.

Paseo por la primavera como una hoja al viento y todas las mañanas me siento en un espigón de la ría. Veo cómo vuelven los pájaros, helechos de color verde claro que se expanden y cerezos que florecen como una burla o como una advertencia. Lo considero una manera de esperar o una manifestación silenciosa. No hablamos de ello, pero de vez en cuando Krisser pasa por delante de mí y se sienta a mi lado. No hay modo de averiguar si me busca o simplemente me encuentra. Qué tal, dice. Aquí, murmuro.

Canción de primavera sin esperanza
Salmo

Melodía: *Det dufter lysegrønt af græs* (Olor verde claro a hierba)
Compositor: Waldemar Åhlén, 1933

Escucha al viento susurrar
en pasos ya desiertos
las nuevas flores que te dan
murmullos sobre muertos
este pesar
no tiene paz
yo me tropiezo y grito
y el mundo pierde ritmo.

Un ave vuelve a casa ya
hay brisa entre las ramas
no sé a quién dirán qué tal
la noche es solitaria
de paz mi amor
ya se llenó
y las campanas suenan
cual triste primavera.

Me voy despacio entre el canal
de lágrimas calmadas
veo a una mujer podar
y el ruiseñor le canta
grito final
sin esperar

la luz aún palpable
verano inevitable.

La carretera es un lugar donde la gente se ayuda, dice Parking-Peter, los otros coches te harán hueco. Le pregunto cómo puede estar tan seguro y noto cómo se me acelera el pulso. Estamos en la autopista Messe, situada al sur de Herning. Todo el mundo quiere irse a comer a casa, dice Parking-Peter. Mientras bajamos por la rampa, voy temblando en silencio, finalmente cierro los ojos y pongo el intermitente. No pienses que los demás conductores son enemigos, dice Parking-Peter, la mayoría son personas amables que van del punto A al punto B. Dice que es importante recordarlo, aunque también ha visto ejemplos de conductores que cambian de personalidad al ponerse al volante. Personas educadas que ceden el turno en la cola del supermercado con sumo gusto, pero casi preparadas para matar en la carretera si el que va delante conduce muy despacio. Como el coche es un espacio privado que circula en público, a la gente le es más fácil creer que van a traspasarles las fronteras. Parking-Peter dice que en internet pasa lo mismo. Como las personas no se ven las caras, se olvidan de que tras el teclado hay seres vivos comunicándose con ellas. Le pregunto cuál es su punto débil como conductor. La velocidad, dice. Al cabo de los años solo ha perdido un punto del carnet, pero de vez en cuando se va solo a conducir a Alemania. Y qué haces, pregunto. Darle gas, dice, porque en las autopistas no tienen límite de velocidad. Si hay algo que me gusta de Peter es que siempre contesta a mis preguntas, como si fuera una parte más de su trabajo. Considero el coche un confesionario y cuento lo que he pensado y sentido desde la última vez. Él va recibiendo mis confidencias con una serenidad que me embelesa. He dejado de pisar el acelerador mientras voy hablando y Parking-Peter me señala el pie derecho. Venga, adelantamos, dice tras llevar un par de minutos detrás de un camión de cerdos. Me tiemblan las manos, y pongo el intermitente y miro a ciegas por el retrovisor. Al arcén no, grita Peter, a la izquierda. Perdón, digo y lo miro rápidamente. Entre su paciencia hay un lobo que mira a través de sus ojos, pienso que solo es posible irradiar esa calma si también se puede explotar. Solo se puede poseer esa manera especial de moderarse si está estudiada, si se la pone uno como si fuera un chubasquero porque sabe que va a llover. Una exasperación de muchos años que a veces azuzo, una curiosidad sin aliento, un barullo de alumnos y amigos, coches y piezas de recambio poco frecuentes. ¿Me echarás de menos si algún día me saco el carnet?, pregunto. Sí, dice Parking-Peter, a todo se acostumbra uno.

Anders Agger pregunta si hay novedades de los tambores de guerra de las conversaciones. Estamos en su salón tomando café mientras le hablo de mis altibajos en el frente conversacional. Él opina que he de trabajar en las relaciones neutrales. No es necesario estar cerca de todo el mundo, dice, a veces basta con mantener los límites entre personas. Tú mismo has hecho una serie de programas que se llama *Indefra, Desde dentro*, digo, y la cadena DR te busca los temas, eso no le pasa a cualquiera. Pero aun así, dice Anders Agger, también tengo que darle vueltas. Me pasa un cuenco de galletas. ¿Caseras?, pregunto. Del súper, dice. Le estoy ayudando a envolver regalos para la noche de bingo del equipo de fútbol de Ringkøbing y el suelo está lleno de papel y cintas de seda. ¿Tienes tiempo para estas cosas?, pregunto. Niega con la cabeza y me cuenta que le cuesta mucho decir que no. Es por los molinos de viento, explica. Cuando da vueltas por su jardín, oye el giro de las aspas. Sí, sí, sí, sí, susurran al otro lado del césped y de los groselleros. Es como si me contagiaran, dice, ponme ante un altar y me casaré en menos de una hora. Conozco esa sensación, digo y corto un trozo de papel de regalo del rollo, pero hay que luchar contra ella. Mi cara y mi cuerpo son un rotundo y enorme sí. Cuando estoy en Copenhague y voy por Strøget, la calle peatonal, estoy rodeada de vagabundos, músicos callejeros y pájaros hambrientos, me ven en la cara que no sé decir no. Soy miembro de toda asociación de

Dinamarca de la que se puede ser miembro. No se debe a una especial conciencia social, sino a que simplemente me dejo llevar por las situaciones. Miro a los agresivos vendedores con mis grandes ojos color cloaca y lo veo todo ante mis ojos cuando describen los problemas del mundo. Un oso panda asustado con la boca llena de bambú. Selvas que desaparecen, animales en peligro de extinción, víctimas de guerra hambrientas, mujeres víctimas de violencia, Aldeas Infantiles SOS, a quienes les faltan recursos, musulmanes tristes porque echan de menos una mezquita, en mi retina se reproducen frases cortas y largas películas. Sí, grito, sí, claro que quiero ayudar, y la captadora es escéptica porque aún no ha llegado al punto álgido de su monólogo, solo acaba de empezar y nota una inesperada decepción. A menudo se imagina que está harta de la retahíla, pero ahora que se la he arrebatado, levanta la ceja y parece enfadada. Se queda parada, pero yo estoy convencida y firmo conmovida cualquier cosa en nombre de la justicia. En un momento dado, mi banco me obligó a hacerme socia de algunas organizaciones, le digo a Anders Agger, no querían financiar mi papel en la paz mundial, tal como dijo mi asesor. Tuve que ir llamando a unas cuantas almas entusiastas e incomprensivas, pero en realidad no fue tan mal como pensaba. Yo ya estaba preparada, dije perdón y qué pena y que volvería a llamar cuando me hiciera rica. Tienes que aprender una nueva palabra, le digo a Anders Agger. Es la maravillosa palabra de transición *ssno*. Vas a decir sí, como de costumbre, pero cuando ha pasado un poquito de tiempo, se convierte de manera bastante imperceptible en un no. Hay que mantener las promesas, dice Anders Agger y le hace un lazo a uno de los regalos. Ese lujo solo se le concede a los que dicen que no, digo, los demás tenemos que ser más pragmáticos, si no, no podemos hacer otra cosa que ser sirvientes de este exigente mundo. ¿Me sigues?, pregunto. Ssno, murmura. Más alto, le grito y señalo la montaña de regalos no envueltos. Ssno, dice, y abrimos la puerta que da al jardín. Ssno, gritamos a coro y corremos entre los tulipanes y los fresales, ssno, ssno, ssno. ¿No es estupendo?, pregunto. Sí, dice Anders Agger, y acompaño su mirada hacia las nubes que pasan.

Querido consultorio:

Escribo para pedir consejo acerca de mi exnovia. Tras cuatro años de convivencia, hemos elegido ir cada uno por nuestro lado porque nuestros sueños de futuro son incompatibles, pero no hay una enemistad directa entre nosotros. Por razones prácticas, nos vemos obligados a seguir viviendo juntos un par de meses más, pero cada día siento enfado al verla. Desde que tomamos la decisión, es como si no viera nada bueno en ella, aunque si uso la razón, sé que es una persona estupenda. Todo lo que me gustaba ha desaparecido y ha quedado sustituido por un desprecio inadecuado y desproporcionado. Tenemos que repartir nuestras cosas y arreglar nuestras vidas de una manera justa, así que no hay opción de evitar comunicarnos. Tenemos unos cincuenta y cinco años y no tenemos hijos en común. ¿Cómo he de manejar mis sentimientos negativos?

Atentamente,
El amargado

Querido amargado:

Igual que un tren puede ocultar otra cosa, la ira suele tapar otros sentimientos y por lo general son el hambre, la tristeza o el miedo. Quizá nos enfadamos con nuestras exparejas por el hecho de que algo ha desaparecido, compáralo con cuando alguien pierde de vista a su hijo en el supermercado y lo regaña por puro amor cuando lo encuentra. Personalmente tengo un cabreo de los grandes, es imposible mantenerlo vivo cuando me encuentro con personas a las que he querido. Si aparto la vista un segundo, el enfado se transforma en un amor tranquilo que sigue viviendo despiadadamente y que aún puede surgir en cualquier momento. Querido amargado: dentro del laberinto de la ira está el jardín de la tristeza y hay que visitarlo cuando sea necesario.

Saludos,
El consultorio

Mi novio ha invitado a los estudiantes que tiene a cargo a tomar chocolate caliente y ante nuestra puerta hay doce alumnos apelotonados. Algunos van cogidos por los hombros, otros van de la mano, pero todos sonríen como si nuestro umbral fuera algo ritual que han de cruzar. Van a sentarse a contar qué sintieron cuando llegaron, qué sienten ahora y qué han sentido entre medias. Le dan un ramo de flores y dicen que vivimos en una casa bonita. Nos miran confiados a mi novio y a mí, tal como se mira a las personas adultas, y pienso que solo es cuestión de tiempo que nos desenmascaren. Hace un par de años, mi novio y yo celebramos una fiesta que se nos fue un poco de las manos. Pasamos el verano con unos amigos recorriendo Polonia en coche y volvimos a casa con cinco tipos distintos de vodka. Hicimos una cata a ciegas y la noche fue avanzando en una dirección incontrolada. Los vecinos llamaron a la puerta, no querían escuchar a Judas Priest, y nuestro amigo Troels se durmió en el baño con el antifaz puesto. Mi novio y yo nos desmayamos después de dibujarle en la mejilla una polla que le apuntaba a los labios. La noche siguiente estuvimos tirados en el sofá viendo el programa de debate *Deadline* con una resaca celestial. De pronto, aparece Troels en la pantalla porque habían hecho un estudio sobre el abuso de alcohol en los jóvenes e iba a hacer comentarios en calidad de sociólogo. Falta organización en este área, dijo, y opinó que los resultados eran preocupantes. Si se fijaba uno bien, se le veía una sombra oval en el lado derecho de la cara, pero cualquier persona lo podía confundir con una barba que estaba empezando a salir. Por lo demás, iba perfectamente maquillado, la corbata tenía el nudo bien hecho, y así es como me suelo sentir. Mi novio está hablando de la política de la escuela respecto al alcohol en los viajes. Dice que cuando se va de visita a otro país no hay motivo para pasarse la mitad del tiempo de resaca. Se trata de aprovechar bien el día. Los alumnos quieren saber si hay reglas sobre cuánto pueden beber. No, digo. Pero no está prohibido usar la cabeza, advierte mi novio, y los alumnos se ríen. Ya, digo, a veces hay que seguir el instinto. No tenéis que pedir permiso para perder el control, dónde está la rebelión, pregunto, ¿no tenéis impulsos? Mi novio les aconseja llevar calzado adecuado. Si puedo ser directa, digo, creo que tenéis que practicar más sexo y no pensar tanto. Si es que se tienen ganas, apostilla mi novio, tampoco pasa nada por decir que no. Digo que es un error creer que los escarceos sexuales reflejen la valía humana de nadie. Yo tengo amplitud de gustos y eso hace las cosas más fáciles, digo, es importante estar abierto al mundo. Los alumnos asienten con seriedad. Y le damos las gracias a nuestra comentarista, dice mi novio, que piensa que tengo que guardarme los consejos para la gente que ha escrito para pedirlos.

Estoy sentada en la bicicleta Christiania de Sebastian comiendo palomitas, él está tarareando fragmentos de una melodía que está a punto de terminar. Vamos a estar toda la semana solos con los niños porque la escuela se ha ido a Hungría. ¿Y eso es inteligente?, pregunta mi madre al otro lado del teléfono. Imagínate que le seduce una alumna, dice, se oyen muchas cosas de esas. Pongo los ojos en blanco y miro a Sebastian. Mi madre habla de las numerosas fiestas de las *højskoler* y de cómo el alcohol puede tumbar la moral más fuerte. Pero claro, a él no le gustan muy jóvenes, dice mi madre, tú tienes cuatro años más que él. Exacto, digo. Pues a lo mejor es con una compañera, continúa, tampoco es tan malo, pero es poco práctico porque estáis viviendo en su lugar de trabajo. Le respondo que la directora tiene un control total sobre el grupo, y oigo a mi madre asentir. Una mujer bellísima, dice, y los hay que excitan a la gente que podría ser su madre. Le dejo claro que mi novio y yo estamos bien. Mi madre dice que estoy obsesionada con él, siempre lo he estado, pero cree firmemente que le gusto. Maj-Britt entrecierra los ojos cuando estamos aparcando en el jardín. Se acerca lentamente con la mirada dirigida a alguna parte de la tripa de Sebastian. Está abollada, dice amenazante y le tira de las mangas de la chaqueta. En condiciones normales, es casi imposible sacarla de sus casillas, pero reconoce que es de mecha corta en lo que se refiere a trabajos hechos a mano chapuceros. Sigue con el dedo índice la costura, que serpentea por el tronco de Sebastian. Rasga la tela verde entre el cierre de la cremallera y el forro y suspira en alto. La destrucción de Jerusalén, dice Maj-Britt, y noto una alegría inesperada por oírla exagerar. Mira que eres pervertido, le murmuro a Sebastian cuando Maj-Britt entra a por su caja de costura, estar abollado en la guardería. Maj-Britt apoya diferentes hilos de tonos verdes en las mangas de Sebastian. ¿A qué sastre has ido?, pregunta, ¿Novias, Fiestas y Costura? Sebastian no lo recuerda y Maj-Britt le quita la chaqueta como si fuera uno de los niños de la guardería. Bent se pasará esta noche a dártela, dice y la deja en la cocina. Sebastian analiza un recipiente de plástico lleno de copos de avena y le pregunta a Maj-Britt si los ha molido ella. No, contesta y se dispone a enhebrar una aguja. Sebastian se sienta en el banco de la cocina y habla de *knækbrød* mientras Maj-Britt quita el cierre de la cremallera y lo vuelve a coser. Mu, grita mi hijo y viene corriendo hacia mí. Esto no puede ser normal, digo. Sí que puede, dice Maj-Britt. Les pongo las chaquetas a nuestros niños de la naturaleza certificados, y Sebastian explica la diferencia entre harina con y sin germen. Sí, para que no haya dudas, dice Maj-Britt.

Querido consultorio:

Llevo jubilada desde el año pasado; por tanto, tengo una nueva vida con más tiempo. Lo suelo emplear en reunir en nuestra casa de verano a los vecinos. Pongo mucho esmero a la hora de hacer la comida y adorno la casa con flores y farolillos. Me da la impresión de que la gente está a gusto, pero rara vez devuelven la invitación. Me preocupa estar malinterpretando a los vecinos y de que los demás propietarios me vean como una estrafalaria que no las pilla al vuelo. ¿Anulo la noche de parrilla que tengo en mente o sigo contra viento y marea?

Un saludo,
Regitze

Querida Regitze:

Déjame descubrirte el secreto de tu asombro. Como eres una persona con generosidad para dar y tomar, no comprendes cómo funcionamos los mortales. Hace unos años, mi novio y yo decidimos organizar una fiesta de la cosecha. Por supuesto, la idea nació en otra fiesta y después de un montón de cerveza, estábamos en mitad de aquellas noches luminosas y el mundo parecía estar abierto y no tener límites. Vamos a montar una fiesta de la hostia, nos gritamos, e invitamos a toda la gente que conocíamos. Y, furtiva, llegó la oscuridad. Cada vez que aparecía una pregunta práctica, mi novio languidecía y yo me quedaba callada, algo moría en nosotros cada vez que teníamos que hacer algo concreto. Durante nuestra relación nos hemos mudado unas cuantas veces y siempre sucede algo como esto: nos pasamos muchos meses hablando de ello. Nos peleamos un poco, nos pedimos perdón, nos ponemos de acuerdo en que es por el estrés. Luego nos ponemos en posición fetal y nos acariciamos el pelo mutuamente mientras nuestros padres vienen a meter nuestros libros en cajas, la ropa en bolsas y se encargan de que tengamos algo que comer. Gracias, susurramos, y nos metemos a duras penas en borger.dk para comunicar el cambio de residencia. Cuando nuestras familias han llevado las cajas de mudanza a nuestro nuevo hogar y puesto las luces y pintado, mi novio y yo estamos completamente destrozados y nos prometemos que nunca volveremos a mudarnos. Nuestro amigo Mathias propuso que celebráramos la fiesta en su casa, pero ya nos habíamos encabezonado. No tiene sentido, dijo mi novio y yo negué con la cabeza. La semana anterior a la fiesta, nuestro piso estaba lleno de trozos de papel rotos. En ellos ponía cerveza, patatas fritas, salsas. Después escribimos más notas con interrogaciones después de las palabras. Barbacoa. Salsa Holiday. Eneldo. Hicimos listas de la compra, recordatorios y listas de invitados, las tiramos e hicimos otras, añadimos y quitamos. Las exaltadas fantasías con cancelaciones y enfermedades repentinas fueron parte de nuestro día a día. A lo mejor nos da una intoxicación alimentaria la noche antes, podía decir. También puede ser que haya que hacer obra en casa por culpa de una tubería peligrosa, dijo mi novio. Estábamos empeñados en encontrar un atajo hasta el día después de la fiesta, saltar directamente a los recuerdos. Al final quienes nos salvaron fueron los musulmanes. Desde nuestro piso teníamos vistas a una mezquita que nos iluminó para investigar si el Ramadán coincidía con nuestra fiesta. Con un poco de buena voluntad, las fechas se cruzaban y escribimos un correo de disculpa a nuestros amigos diciendo que no queríamos burlarnos de una fiesta religiosa emborrachándonos sin sentido. Era desafortunado mandar esas señales al barrio si en pleno ayuno fueran testigos involuntarios de nuestros excesos. Nuestros amables amigos de izquierdas fueron comprensivos y algunos incluso quedaron asombrados por nuestra solidaridad. Querida Regitze: las reuniones que tú organizas en un abrir y cerrar de ojos pueden quitarles la vida a otros. Tener un espíritu práctico es un don y nunca debes darlo por sentado. Arriba esos farolillos, enciende la parrilla y que baile el sol de Pentecostés.

Saludos,
El consultorio

Parking-Peter y yo estamos dentro de su Audi ante la comisaría. Estamos nerviosos y en tensión porque voy a hacer el examen práctico, y si no fuera jutlandés, creo que me cogería de la mano. Saco las gafas del bolso y me recuesto en el asiento. Parking-Peter quiere darme un último consejo y se pone a hablarme de *El padrino*, película que ve cada año en Navidad. Hay una escena en concreto en la que los gánsteres se cargan a una persona y han de hacer que parezca un accidente sin más. *Make it look like a traffic accident*, les dice el jefe a sus subordinados. Tú no tienes que hacer eso, claro, dice Parking-Peter, pero piensa en los cadáveres maquillados, haz que parezca natural. ¿Me sigues?, pregunta. Se acerca el examinador y bajamos del coche. Hojea confundido mis papeles y mira a Parking-Peter. Ochenta y siete clases, dice. A cambio, ella puede hacer algo que ni tú ni yo podemos, dice Peter. Le cuenta que he dado a luz a un niño entre clases y que, a pesar de todo, debe tener algo de importancia si tenemos todo en cuenta. Y cero fallos en el teórico, dice Peter como si me estuviera vendiendo. Como estoy nerviosa, no he comido nada antes del examen y ahora me muero de hambre. Cuando tengo la regla, me surge el sufrimiento por la comida de una manera salvaje y agresiva. El examinador se llama Ole y dice que yo decido si hablamos y que no he de sentir ninguna presión. Prefiero silencio, digo, así me puedo concentrar en la conducción. Ole lo comprende y cree que es razonable. Vamos por la calle Grønnegade, y él carraspea un par de veces seguidas. Tengo que ceder el paso a quien viene por la derecha, una de las pocas ocasiones en que se da esta situación en Ringkøbing, y freno con fuerza. Tengo muchísima hambre, digo cuando pasamos por el restaurante Bøffen de Vester Strandgade. He dejado de comer carne de buey, pero la fuga de CO_2 del planeta me resulta menos importante cuando tengo hambre. Un filete de vez en cuando, digo, y Ole es de los míos. Mientras hablamos, Ringkøbing pasa ante el parabrisas como un anuncio de televisión al que nadie hace caso. Pongo el intermitente, espero, miro por el retrovisor, por encima de los hombros, pero lo único que veo son filetes ficticios. A la mujer de Ole le encantan las ensaladas y las tartas, así que pasa mucho tiempo entre un filete y otro. Si te hubieras casado conmigo, la cosa sería distinta, digo, eso te lo garantizo. Hablo del fondo de bearnesa con estragón del jardín y un montón de mantequilla. Nos guía a un barrio industrial y me pide que dé marcha atrás a la vuelta de la esquina. Lo intento tres veces, pero acabo subida al bordillo o muy lejos. Primero Ole parece decepcionado, después algo mareado y al final directamente con ganas de suicidarse. ¿Al menos puedes mantenerte en tu carril, por favor?, pregunta y mira el reloj. Volvemos en silencio. Cuando paramos delante de la comisaría, me mira. Has aprobado, dice, pero prométeme que nunca vas a conducir marcha atrás. Lo abrazo y dice vale, vale. Cuando me bajo del coche, hay un pequeño grupo esperando. El surfero se muerde las uñas, Mona fuma compulsivamente al lado de Malte y Peter-Parking me sonríe. Muevo en el aire el papelito blanco que representa mi carné de conducir provisional y todos se ponen a aplaudir. Alzo la mano delante del surfero y me choca los cinco. Mona se pone delante de Parking-Peter. Es un hito en tu carrera, dice, y se dan la mano. Krisser aparca su Mercedes delante de la comisaría de Policía y descorcha una botella de champán. Se produce un fuerte ruido y la gente grita hurra. *Pa'dentro*, dice Krisser y me pone un puro en la boca.

Sebastian está guardando la guitarra. Pronto participaremos en el festival de la noche de San Juan de Velling y hemos estado repasando nuestro repertorio. ¿Vas a casa a pasarte el finde abollando?, pregunto, y Sebastian suspira. Cree que es difícil encontrar la chispa en el ajetreo del día a día, pero cuando su mujer y él se jubilen sí que van a abollar. Le explico el sistema de bofetadas que hemos desarrollado mi novio y yo. Durante una época solo hablábamos de toallitas húmedas porque no parábamos de cambiar pañales. ¿Qué era lo que hacía que la primera toallita siempre estuviera seca? ¿Se debía a que cerrábamos mal el paquete o es que la que usábamos pertenecía a la clase seca del reino de las toallitas? Esto provocó una larga ristra de preguntas. ¿Nuestras toallitas estaban lo bastante húmedas o se podían conseguir algunas que lo estuvieran más? ¿Y cómo de húmeda tiene que estar una toallita para poder calificarla como toallita húmeda? Probamos distintos tipos, nos dábamos parte de la toallita del día, las sentíamos con las manos y nos mandábamos opiniones críticas como usuarios. Al principio había un poco de ironía en todo ello porque nos oíamos. Nos reíamos y poníamos voces extrañas cuando hablábamos de toallitas. Poco a poco fue adquiriendo seriedad y se nos ponía voz de científicos. Comenzamos a ponerles estrellas a las toallitas, anotamos las marcas y colgamos la lista en el frigorífico. Cuando dejamos de sentirnos como si fuéramos detectives, nos convertimos en robots. Seguíamos hablando de toallitas, pero de una manera totalmente mecánica, y ninguno de los dos se dio cuenta. Fue la directora quien tuvo que decírnoslo directamente. Que parecía insano. Protestamos formalmente, pero sabíamos que llevaba razón. Que las toallitas se habían convertido en un instrumento ruidoso en nuestro día a día, como si fuéramos por ahí montando escándalo sin haber decidido si nos gustaba el sonido o no. Nos impactó darnos cuenta de que las toallitas solo eran el síntoma de una enfermedad de la conversación mucho más peligrosa, digo. Tuvimos que reconocer que en realidad la mayoría de las veces que nos comunicábamos ninguno deseábamos formar parte de ello. ¿Por qué no se duerme?, ¿come lo suficiente?, ¿está quejándose o llorando?, ¿le duele la tripa? Nuestro hijo nos miraba con los ojos bien abiertos, pero nunca decía nada. A veces nos sonreía, otras vomitaba o cagaba verde, pero no desvelaba nada. No digo que nunca se deba hablar de cosas prácticas, comento, es totalmente necesario. También se puede escoger hablar largo rato, pero tiene que ser una elección. Si no, los niños fantasmas invaden todas las conversaciones. Se expandirán por vuestra casa, digo y miro a Sebastian con insistencia, se tirarán en vuestro sofá a comer palomitas, se sentarán en la mesa de la cocina a hablar sin cesar mientras hacéis la comida, no os dejarán oír las voces de los locutores de radio ni de los presentadores del telediario. Se pondrán entre vosotros en la cama, susurro, y cantarán entre sueños y se os caerán los párpados de puro aburrimiento. Vuestra casa y vuestros pensamientos serán recipientes de preocupación, puré, papilla, leche, pis. Por tanto, digo, hablad de las cosas que tenéis que hacer mientras las hacéis. Que no se extiendan en el tiempo. Si el bebé tiene hambre, hablad de comida. Si estáis cambiando pañales, hablad de mierda. Cuando durmáis, hablad de sueño. Si no se cumple la norma, habrá bofetadas, digo y me pongo la mano estirada en la mejilla. Y no es por diversión, digo y levanto el dedo índice. Os pegáis lo más fuerte que podáis, las marcas blancas de los dedos en las mejillas rojas de sangre, mandíbulas temblorosas, y una doble si las cosas van muy mal. Las chispas hay que encenderlas y eso no se hace con sexo, sino hablando. El coito es un tipo de trato social para el que solo hacen falta unos órganos sexuales que funcionen; por el contrario, una buena conversación requiere inventiva e intimidad. Esforzaos, digo. Es sencillísimo inventar un discurso, intentad evitar palabras como trocitos de paté, trozos de pan de centeno y palitos de zanahoria. Las confidencias son lo más bello que se le puede dar a alguien a quien amas, la confianza que hay en la anécdota larga. Piensa en el idioma como un juego sexual avanzado, digo, pegaos solos y mutuamente. ¿No duele?, pregunta Sebastian. Sí, digo, pero tiene que doler. Yo me he dado bofetadas de abrazos, de amamantar y de cambio de pañal. Ahora ya nunca hablamos de nuestro hijo, digo, intentadlo para que nada se interponga en vuestro abolleteo.

Cuando cruzo en bici el viaducto de camino a Velling es como si la naturaleza se apareciese ante mí. El horizonte es como un signo de exclamación horizontal que se lanza a mis ojos y los árboles se apoyan unos en otros como un baile o una familia. Maj-Britt viene corriendo cuando oye que estoy en la puerta. Estaba a punto de llamarte, dice con la voz llena de perplejidad. Lleva a mi hijo en brazos. ¿Qué dice la oveja?, pregunta Maj-Britt y parece estar tan orgullosa como mi hijo cuando este sonríe con timidez y susurra beee. Qué has dicho, grito y le doy vueltas por el aire. Beee, grita mi hijo y nos volvemos chiflados y nos reímos y vamos balando todo el camino a casa. Desde la calle le grito a mi novio, que sale corriendo. Nuestro hijo ha entendido que es la estrella, y hago una pausa artificial cuando lo señalo. Beee, dice claramente. Mi novio me toma la mano. Beee, decimos a coro. Miramos a nuestro hijo, fascinados por su entrada en el reino de las vocales. Beee, repite, esta vez con fuerza y decisión, y mi orgullo entra en el futuro, difuso y trastabillando. Me imagino a adolescentes convalecientes de amor que se disputan su favor, acontecimientos deportivos en cuya victoria tendrá un papel principal. Sé que arrojará luz a su alrededor, que hará más divertidos los días, más bonito el mundo y mejor a la gente. Beee, dice mi hijo.

Querido consultorio:

Escribo porque tengo un dilema con el que espero que me ayudes. Tras dieciséis años felizmente casado, he empezado a pensar en una vecina. Tras conocernos en una reunión de amigos comunes, nos hicimos amigos en Facebook y hemos empezado a escribirnos. Aunque no se trate de una infidelidad como tal, hay una llama entre nosotros que no se apaga. Estoy profundamente agradecido por mi mujer y, sobre todo, por mis hijos, pero estoy ciegamente enamorado. ¿Se me pasará o me divorcio?

Saludos,
El desesperado

Querido desesperado:

Vaya lío. Tengo una buena amiga que se llama Maria. Hace muchos años se fue de vacaciones en bici con su novio. Aquel verano estaba feliz y quiso comprar dos cucuruchos de helado, uno para ella y otro para Rasmus. Estaba delante de una heladería mirando los sabores. Bolas de chocolate, vainilla, menta, plátano, miró la nata montada y los bombones y levantó la vista hacia el heladero. Y se quedó paralizada. Había algo en aquellos ojos, en aquella mirada, y comenzaron a hablar. Ella se olvidó del chocolate, de la vainilla, de la menta y del plátano, hablaron y hablaron, la fila creció y a los últimos les salpicaban las olas del mar. Después, Maria no supo de qué hablaron, fue como si sus rostros se hubieran hablado sin idioma, solo recordaba sonidos y risas. Luego se fue al *camping* junto a la orilla del mar Báltico, confundida y con dos cucuruchos en las manos. Cuando encontró a Rasmus, iban goteando, él sonrió y dijo cuánto has tardado. Maria asintió y solo tenía ganas de llorar. Estaba preparada para volver corriendo con el heladero y dejarlo todo de un plumazo. A Rasmus le caían gotitas de helado por la barbilla y Maria se sentó en un banco a tomarse el suyo a grandes bocados. Después mandaron postales a sus amigos y se hicieron fotos mientras se reían. Unos días después se fueron a casa. De eso hace once años, hoy están felizmente casados y están esperando gemelos. Aun así, el heladero sigue apareciendo en los pensamientos de Maria. Esto no va sobre mí y mucho menos sobre ella, pero lo que intento explicarte es que todos tenemos un heladero. Pueden aparecer en distintas modalidades y en los lugares más inesperados. De repente están ahí, vestidos de médicos melancólicos que te hacen un injerto en el cuello o un sustituto de verano en la verdulería. En qué te puedo ayudar, preguntan y sonríen, y dan ganas de decir: En todo. Déjame ver tu bella alma y alcánzame tu oscuridad. Estás atrapado en una isla, hay agua por todas partes y sabes que se trata de una fatamorgana, un viaje lisérgico, un porro increíblemente largo. Aun así, tienes la sensación de que es del mismísimo verano de lo que te estás privando, un helado especialmente mágico que nunca se va a derretir. Querido desesperado: todo el mundo tiene un número de teléfono que se voló con el viento una noche volviendo a casa de juerga, todo el mundo ha sentido que no era el momento adecuado, como una bofetada que canta. A algunos nos persiguen heladeros de los que nos escondemos y esperamos que pasen de largo. El amor puede surgir de la nada y, aunque puede no ser práctico, no es peligroso. Al contrario de lo que mucha gente cree, estas situaciones no se deben al aburrimiento, sino más bien a un trémulo júbilo. Es verano, los días son más largos y las noches, claras. Necesitamos nuestros enamoramientos y cada vez que el deseo impacta en mí como un aguacero, una impúdica locura de que podría amar a cualquiera, es sobre todo una confusa expresión de alegría por el hecho de que el mundo existe.

Saludos,
El consultorio

Está lloviendo a cántaros cuando veo a Emma volviendo a casa de hacer la compra. Viene caminando con algo puesto que parece una larga capa negra y lleva tres troncos de frambuesa en las manos. Pongo el intermitente, me echo a un lado y abro la puerta. Si están mojados no valen para nada, grito. Se sube y dice que siente que tengo un problema con su personalidad. No, digo, mi corazón ama a los niños más imposibles. Emma me mira con esos ojos pintados de negro y me hace echar de menos mi ira, que ha quedado reemplazada por un cabreo por cosas de menor importancia. Emma, digo, aunque amemos al mismo chico, no tenemos por qué ser enemigas a muerte. Abre el bolso y me da un chicle. Por tu bien, dice. Giro hacia el aparcamiento de la escuela y apago el motor. Emma dice que mi novio y ella tienen una química brutal. No lo dudo en absoluto, digo, pero recuerda que gana dinero por pasar tiempo contigo. Emma pregunta si tenemos una relación cerrada, porque eso, piensa, es una cosa antigua y ella se sentiría encerrada. Bienvenida al amor, digo. Ella opina que se pueden presentar pruebas de que la gente se queda petrificada como individuo si no se cambia de pareja al menos cada cinco años. Le digo que aprecio a la gente que no tiene miedo de darles la vuelta a las formas, me gustan la ambición y la curiosidad. Pero no me vengas diciendo que una relación amorosa de toda una vida no es lo más loco y radical en lo que se puede meter una persona. Es experimental, salvaje, prometedor y arriesgado. Es ir contra el mismísimo tiempo, digo, cambios invisibles pero notables a lo largo de los años, premisas que mutan igual que sopla el viento. Es un juego de equilibrios, un milagro que dos personas sean capaces de amarse toda una vida. O a lo mejor simplemente es no tener imaginación, dice Emma. En la entrada principal hay un pequeño grupo de alumnos fumando mientras miran la lluvia. ¿Y Malte?, pregunto. Está enamorado de Mona, murmura Emma. Todos estamos enamorados de Mona, digo, es un virus que hay en Velling. Métete en la guerra, digo, pero en una que puedas ganar.

Canción estival sin sol

Canción de San Juan

Melodía: *Nu er jord og himmel stille* (Ahora el cielo y la tierra están en silencio)

Compositor: Carl Michaël Bellman, 1791

Cuando yo estoy tranquila
rodeada de virtud
con la hierba que acaricia
y se va mi juventud,
los soldados del verano
marchan por mi cuerpo al sol
calman sed con lo sagrado
cual rendido pecador.

Es el águila insistente
quien me observa sin pasión
y la noche clara miente
y me altera el corazón
se producen muchos huecos
si a los dardos juega Amor
es más rápida que el viento
cuando enfila sin temor.

Que las viejas llamas ardan
como un silencioso adiós
mil hogueras en las playas
apagando su fulgor
y ahí están los sueños

tras la triste realidad
corazones siempre inquietos
en la oscura claridad.

Estamos yendo al Kvickly y la rayita roja del salpicadero se acerca al cero. ¿Se nos va a dar mejor lo de echar gasolina para no quedarnos tirados con el depósito vacío?, dice mi novio mientras me mira. Tiene angustia de abastecimiento y, cada vez que ve una gasolinera, carga el depósito con avidez y lleno de miedo. Como él se ha convertido en el encargado de la gasolina, yo nunca consigo llenar nada y siempre pienso que no pasa nada si la raya se acerca a la zona roja. Al principio, como hija única y convencida individualista, me costó. Aunque estoy fascinada con las comunidades de una manera perversa, he tenido que aprender a ser parte de un nosotros. Desde el inicio de nuestra relación, mi novio decía nosotros en vez de tú, lo cual me confundía y, al mismo tiempo, me provocaba. ¿Por qué no intentamos salir más rápido?, preguntaba, ¿por qué no ponemos un poco menos de picante? Para una persona perspicaz como yo es difícil entender si la gente tiene un orden del día oculto y durante mucho tiempo pensé que era un truco retórico deliberado. El primer verano que estuvimos juntos nos invitaron a una boda. Habíamos estado toda la mañana ayudando a mi padre a pintar el salón y metimos toda nuestra ropa elegante en un bolso bandolera azul porque contábamos con llegar al hotel y darnos una ducha rápida antes de la ceremonia. En el autobús iba contenta y dándole vueltas al bolso. Mejor vamos a tener cuidado no sea que se rompan las botellas de vino, dijo mi novio con amabilidad aunque parecía inquieto. Yo seguí agitando el bolso, quizá con un poco más de fuerza que antes. Píllalo, dije y se lo lancé, ya que estábamos en una desierta estación de provincias. Las tres botellas de vino tinto que íbamos a regalarles a los novios se repartieron entre una camisa blanca, un traje y un vestido de verano claro. Para el banquete nos vimos sin regalo y con ropa de pintor llena de manchas, y acabamos con la madre de la novia llevándonos a la ciudad más cercana a comprarnos ropa nueva en el Bilka. Cuando más tarde estábamos en el jardín tomándonos la copa de bienvenida, oí a mi novio reproduciendo el episodio. Es tan típico de nosotros, dijo riéndose, a quién se le ocurre meter tres botellas de vino en un bolso con ropa. Ahí fue cuando entendí que hay caminos intrincados que salen de la soledad y pongo la voz un poco más profunda y seria porque sé que le gusta. Sí, se nos va a dar mejor lo de echar gasolina a tiempo, digo.

Querido consultorio:

Has de saber que nos encantan tus respuestas y que tu consultorio es de culto en nuestro círculo de amigos. Somos una pareja joven que se ha juntado tras muchos obstáculos. Como profesor y alumna, respectivamente, nos conocimos en un instituto de provincias mediano, lo cual nos produce unos cuantos desafíos, pues es agotador ocultar sentimientos tan fuertes durante la enseñanza. Quedan seis semanas para el examen final. ¿Qué hacemos?

Besos de los novios secretos

P. D.: Lo que dices de los orgasmos no es verdad.

Queridos tutor y Vanilla:

Si se quiere guardar algo en secreto, no hay que buscar consejo en un periódico público, pero gracias por el elogio, siempre he querido ser de culto. En cierto modo, me alegro de jugar un papel importante en vuestra historia de amor, pero a decir verdad es una pésima publicidad para mi, por otra parte, distinguido consultorio que no sigáis mis consejos. Pero en fin. Será una ventaja que no dejéis que la dirección os descubra, pues no todo el mundo verá con buenos ojos vuestra relación. En mi vida privada, vivo en una *højskole*, y en el contrato de trabajo pone negro sobre blanco que los empleados no pueden tener relaciones sexuales con los alumnos, a no ser que se trate de amor verdadero. Si una norma puede servir como retrato, este sería un cuadro con los ojos azules de la directora y la confianza que hace que las *højskoler* y los pueblos estén unidos. Creo que se debería seguir esta regla en todos los centros educativos. Queridos tutor y Vanilla: como no me hacéis caso, espero que lo hagáis en el aula y que las notas sean más altas que una torre. Alguna ventaja tenía que haber. Pasad buenas vacaciones, disfrutad de vuestro drama y bailad conmigo en vuestros sueños.

Saludos,
El consultorio

El sol está metiéndose en la cocina cuando entro en la guardería de mi hijo. Pues pronto iremos a comprar gorras, dice Maj-Britt. Está poniendo marcas en un montón de camisetitas verdes. Hace un par de días nos llegó a casa un papel para poner una cruz junto al dibujo que queríamos en la camiseta. Se podían elegir diferentes imágenes de plantas o animales. Es cosa del ayuntamiento, dice Maj-Britt, es parte de un proyecto que se llama Brotes Verdes. Sonrío y Maj-Britt pone los ojos en blanco, y es en esos momentos en los que siento que de verdad nos entendemos. ¿No se irán a abollar?, pregunto. Maj-Britt garantiza que no, porque los ha cosido ella misma. Bent está en la cocina preparando pierna de cerdo. Es su plato favorito, pero es dificilísimo de comer. Bent saca dos trozos pequeños de la olla y los pone en un platillo que me ofrece. Mi hijo se pone con las manos en mis rodillas y parece interesado mientras muerdo la pierna de cerdo. Igual que casi todas las demás personas, como igual que practico sexo. En mi caso es de una manera fea, sin recato, pero con muchísimo entusiasmo, digo y me limpio la boca con un trozo de papel de cocina. Les deseo un buen fin de semana. Es martes, dice Maj-Britt. Su voz viene del interior del frigorífico. Me has entendido, digo y le pongo a mi hijo el casco de la bicicleta. Quizá, dice Maj-Britt.

Anders Agger y yo estamos sentados en el sótano del Hotel Skjern bebiéndonos los restos de las botellas mientras Krisser coloca vasos vacíos en una bandeja y enrolla banderas irlandesas. ¿Queréis un riñón para el camino?, dice Krisser y nos pone delante una bandeja. Cogemos sendos riñones y Anders Agger dice que no hay nada como la casquería. Regálame tu punto de vista, le digo, ponle una voz en off a mi vida. Krisser abre una ventana y le pregunta si puede poner su voz de la tele. Suele pasar que le llama gente que va a celebrar una despedida de soltero o que quiere gastarles bromas a sus amigos y le envían guiones que lee y les manda un archivo de sonido. Carraspea ligeramente y me mira concentrado. Qué es el tiempo, dice Anders Agger, sino intervalos casuales de alegría o de miedo, circulación en línea recta en carreteras y tráfico denso en Herning. Una mañana te despertarás, prosigue, entrarás con el coche en la calle peatonal y aparcarás en paralelo perfectamente delante del Italia. De repente tendrá sentido, como un enamoramiento inesperado en un lugar donde no hay nadie. Te dejas adelantar por una nueva generación y entiendes que el hecho de dar a luz es entregar lo que uno ama a las manos de la realidad. Lo haces con la responsabilidad que es que tus ajetreados días, tus tristezas y tus fallos modelen la infancia de otra persona. Es como sentarse al volante y cerrar la puerta de golpe. Te pones el cinturón, arrancas el motor y esperas que vaya bien. Pones atención en cruces peligrosos, piedras sueltas, caminos resbaladizos, bajadas escarpadas, obras, retenciones repentinas y animales salvajes en zonas boscosas. Sabes que hay moros en la costa, rotondas infinitas, pero también plazas de aparcamiento surgidas de la nada. Hay ruedas en los caminos, alas en el viento, y te mueves como un dibujo formado al unir tres puntos: las cartas, los coches, el niño. Sabes que tienes que aprender a amar el tráfico, dice Anders Agger, ese maravilloso organismo que descansa en una mezcla de recelo y confianza. Un temblor de rápidos movimientos que bailan por el planeta, un ser vivo que entra y sale de ciudades y países. Entenderás la belleza del sistema, la simetría de las autopistas, el caótico orden al que se dirige toda la gente que te encuentras. Bravo, digo, y Anders Agger me da las gracias.

Querido consultorio:

Soy una chica joven y a finales de verano seré madre de un niño. Fue concebido en un balcón de Grecia con vistas al mar y a las montañas. He decidido llamarlo August porque salgo de cuentas en agosto, pero me acabo de enterar de que Balcón es un nombre legal. Creo que podría ser un astuto giro de guion y una historia divertida llamar Balcón a mi hijo, pero mis padres están en contra y me preguntan si me ha dado un golpe de calor.

Muchos besos,
La chica que ha estado de Interrail

Querida golpe de calor:

Pues ahora esto sí va a ir un poco sobre mí, porque sé lo difícil que es encontrar un nombre. Mi hijo tenía un año y medio cuando le encontramos uno, pero, como muchas otras cosas, parece más importante de lo que es en realidad. Tras cada carnet de conducir hay un superhéroe y el mío se llama Parking-Peter. Tiene un gato que se llama Frode y, como vivía con su familia en el campo, no es raro que a Frode lo atropellaran. Se compran un nuevo gato al que llaman Frode hasta que se repite la misma historia. Aprecio que no sea sentimental cambiar de gato, es como si la mascota fuera el nombre y no el animal. Querida golpe de calor: tu hijo no se va a llamar Balcón. Solo porque algo sea legal no necesariamente se convierte en una buena idea. Te propongo que llames Peter a tu pequeño.

Saludos,

El consultorio

Sebastian y yo estamos en un sobredimensionado coche de Pat el Cartero cada uno con su hijo en el regazo. Sale un ruido infernal del castillo hinchable y una niña tira insectos de goma desde lo alto de una red de escalada. Me cae una araña en el cuello mientras estoy cogiendo una bandeja con un brik de zumo y unas patatas fritas. Mi hijo y Freja las sumergen en la salsa *remoulade* y nos las tiran a Sebastian y a mí mientras se ríen. Se chinchan como dos animales salvajes y cuando les quitamos la comida, gritan y hacen cortas pausas para tomar aire al unísono. ¿No existe una pastilla para calmarlos?, pregunto. Sebastian asiente y va corriendo a por una bolsa de gominolas, después dejamos a los niños en un rincón. Se dan el uno al otro en la cabeza con los cuentos de los hermanos Grimm, pero parecen tranquilos. Sebastian respira hondo y me da una taza de café. Antes no entendía por qué los padres siempre les hablan a los niños, pero me he dado cuenta de que no es porque estén contentos, sino porque están en *shock*. Te quedas mudo ante la toma de poder, que es imposible de imaginar hasta que no eres testigo de tu propia caída. Sebastian es una muleta, me aferro al parque infantil Bork, somos amigos y aliados, somos esclavos de los niños y deseamos formar un sindicato. Se oyen unos alaridos porque mi hijo y Freja quieren la misma corona de princesa. Sebastian da una palmada y pregunta si hay alguien que quiera oír la historia de Caperucita Roja y el Bollo Feroz y vienen los dos gateando hacia nosotros, aún enfadados, pero también con curiosidad. ¿De verdad es esto lo que queremos hacer con nuestras vidas?, le pregunto a Sebastian. Lo creas o no, sí, dice.

¿Les quitas el polvo a las plantas?, le pregunto a Maj-Britt y me quito las botas de agua. Pasa por las hojas un trapo escurrido con sumo cuidado, lo hace cada miércoles. ¿Es cosa del ayuntamiento?, pregunto y me quito la chaqueta. No, es cosa mía, dice Maj-Britt y me pone delante una bandeja de dulces. Tengo un problema con la moderación, digo entre dos *muffins*. Hay más en su lugar de origen, dice y señala hacia la cocina, donde hay tres filas iguales. Llaman a la puerta y la madre de Nor entra en la cocina con sus cuatro hijos. Maj-Britt les tiende la bandeja. La madre de Nor elogia la consistencia en voz alta con un tono agudo y dice no cuando el mayor estira el brazo para coger más. Miro los cuatro papeles de horno que están arrugados en mi plato. Es porque tengo la regla, digo. La madre de Nor lo sabe por experiencia, se está todo el día con hambre, confirma. Le cuento cómo mi novio me da una zanahoria cuando le digo que me apetece comer. Una zanahoria, repito y miro a Maj-Britt, que está echándome más zumo en el vaso. Son buenas para la digestión, dice la madre de Nor. La digestión, digo, no voy a digerir, voy a sangrar. Quiero patatas de bolsa o chocolate, patatas fritas con mahonesa, pasteles y tartas, pan con mantequilla y salsa bearnesa. Una zanahoria, digo, es una locura. Los niños de la madre de Nor están de acuerdo. Si mi novio trabajase en una farmacia abierta las veinticuatro horas y le pusieran una escopeta en la cabeza, le daría paracetamol a una fila de drogadictos, con amabilidad y seguridad. No más de seis al día, les diría, y recordad tomároslo con un vaso grande de agua. Está bien que tu marido te cuide, dice la madre de Nor. No están casados, dice Maj-Britt. Se puede dividir a los seres queridos en dos grupos, digo, los salvadores y los salvados. Quizá suene cuadriculado, pero es la realidad de cómo está organizado el mundo. La madre de Nor opina que algo de eso hay. Yo nunca he intentado salvar a nadie, digo, y por suerte eso ha supuesto que en mi vida amorosa he estado rodeada de personas honestas y equilibradas. Gente que pone los códigos de barras bocarriba en la cinta del súper y cuelga bolitas verdes en los árboles para los pájaros. El yin y el yang, dice Maj-Britt y se pone a juntar un montón de pañales de tela. Y aun así, digo y niego con el dedo índice, también hay que entender que eso les da un chute. Los superhéroes son inútiles sin catástrofes, un portero debe tener una discoteca, un médico necesita gente a la que abrir. Visto desde fuera, quizá parezca yo la insensata, digo, pero es solo una cuestión de actitud. Si dejase a mi novio, no pasarían ni tres días antes de que se hiciera un agujero negro en la cama y se quedase allí fumando y comiendo salchichas mientras intenta desesperadamente bajarse una nueva versión del *Civilization*. Su vida social se frenaría en seco y, como si fuera la única salida, se pondría en posición fetal a ver porno de un modo triste, como si fuera obligatorio. Comería ositos de gominola, los amarillos sustituirían a los verdes, que sustituían a los rojos, tendría que llamar a la tienda para que le mandasen más existencias. Un día seguiría al anterior hasta que una mañana oyera ruido en la gravilla porque una mujer psíquicamente inestable pasaba por fuera en bicicleta. Entonces afinaría los oídos, se despertaría algo en su interior, tendría la agradable sensación de que alguien lo llama y por ese motivo contestaría. Se pondría de pie aliviado, cogería el aspirador e incluso quizá se daría una ducha. Cuando abriera la puerta a ese crujiente manojo de nervios, estaría solícito, pero también agradecido. Y lo grotesco es, digo, que si esta mujer un día llegara a casa con un perrito caliente, él le diría que acaba de comprar los ingredientes para hacer un plato de verduras con col y pasas. Si abriera una bolsita de chucherías, le diría: Vamos a comer pronto, coge una zanahoria si tienes hambre. En el medio está la virtud, dice Maj-Britt, pero yo digo que prefiero las esquinas. Qué es el compromiso sino dos personas insatisfechas cada una a su modo, qué es la muerte, digo, sino la incesante corriente de invitaciones a bodas. Bent dice que simplemente hay que encontrar a un jutlandés occidental. Son una apuesta segura, digo, y Maj-Britt asiente.

Querido consultorio:

Somos una pareja de treinta y pocos años que nos conocimos en la universidad. Es como si nos estuviéramos alejando cada vez más de nuestros antiguos compañeros de estudios sin saber del todo por qué. En los últimos años, la mayoría han tenido niños y, aunque el estar en la misma situación vital debería fortalecer las amistades, no se da el caso en absoluto. Parece que todos quisieran demostrar lo bien que les va, aunque se note claramente que hay gato encerrado. ¿Borramos nuestro perfil de Facebook? ¿Crees que eso hará que nuestras reuniones sean más honestas?

Saludos,
Los amigos

Queridos amigos:

He de ser la primera en reconocer que mi edad me provoca algo indigno, pero también lo veo como un problema generacional. Somos víctimas de la triste borrachera de los treinta, somos mares embravecidos, olas que siguen la corriente a ciegas. Detesto a las fariseas familias con niños que brotan como malas hierbas, el júbilo automático, el triunfo presente como rayos láser saliendo de los carritos de los niños. El horrible juguete de madera, el puré de brócoli casero, las canciones que cantamos. La frágil seriedad de nuestros intentos, todas las cosas que hacemos por primera vez. Llevamos desde pequeños jugando a eso y ahora lo repetimos con la estúpida inocencia del niño y el miedo del adulto a perder. Nos miramos los unos a los otros, los países con los que nos solemos comparar, comprobamos empleos, el fisco y el índice de felicidad de la población. Mi hijo tuvo una época cuando tenía siete meses en que no dejaba que me perdiera de vista, aparecía en cualquier parte. ¿Conocéis esa sensación?, les preguntamos mi novio y yo a una pareja de amigos. No la conocían porque su prioridad era siempre que su hijo tuviera un vínculo con los dos. Estaban contentos por no conocerla, pensaban que sonaba duro, que habían tenido suerte con su hija, que estaba igual de atada a ambos. Quizá se deba a que desde el principio habían hecho hincapié en que la madre no fuera la figura de apego. Cómo iba a serlo, pensé, si los niños están pasando el ochenta por ciento de su infancia en una guardería. Tenemos la suerte de que nuestro trabajo es flexible y empezamos a fanfarronear de lo pronto que íbamos a recoger a nuestro hijo, mañanas largas, dije, creemos que es importantísimo. Ni siquiera sé si lo creo, es solo que siempre me ha costado salir por la puerta, pero sé que tendría suerte y que tendría más que ellos. La hija de nuestros amigos resoplaba ligeramente. Lo pasaron mal para aclimatarse a la guardería, estuvo enferma casi un mes. Las infecciones se sucedieron a un ritmo impresionante y se extendieron por su pequeño cuerpo. ¿No es una locura?, dijo mi novio, nuestro hijo nunca se pone malo. Toquemos madera, dije y nos sonreímos. Por motivos que no puedo explicar, estamos locamente orgullosos de la buena salud de nuestro hijo y podemos pasarnos horas hablando de ella si nadie nos interrumpe. A lo mejor es porque no somos tan histéricos en lo que a suciedad se refiere, dijimos si no a coro, sí casi a la vez. Luego siguieron las anécdotas sobre cómo nuestro hijo se sentaba en el jardín a comer arena y hojas y cómo nosotros creemos que las bacterias son algo natural y que podían ver los resultados con sus propios ojos. Nunca se ha puesto enfermo ni ha tenido las mejillas rojas. Pero también es que es un niño de la naturaleza certificado, decimos y nos reímos de manera estridente. Estar con nuestros amigos es humillante. Nos hemos convertido en los peores enemigos, un espejo en el que compruebo mi peinado, y siempre he tenido el pelo horrible. Si nuestras elecciones vitales son totalmente idénticas, sentimos que es una acusación y se sienta con nosotros un fantasma de arrogancia e inseguridad en todas las cenas. Antes mis amigos eran un espacio en el que podía entrar y salir y gritar mucho tiempo a gran volumen, ahora imitamos una intimidad como loros con muerte cerebral. El fin de semana fui a un banquete de mi antigua profesora de Alemán, que cumplía cuarenta y cinco y de repente me sentí llena de esperanza. ¿No os habéis divorciado?, preguntaron los invitados, tendríais que probarlo. Les brillaban los ojos, dormían por las noches y se habían desprendido de sus ideas. Sus intentos de construir el nido se habían detenido en una terraza acristalada y había en ellos algo erótico. Queridos amigos: las únicas personas de treinta años que están bien con sus amigos son las de las series de la tele, los demás debemos recobrar fuerzas antes de volver a vernos cuando tengamos cuarenta. Nos vemos en el otro lado.

Saludos,
El consultorio

La escuela está pasando por un ritual de depresión colectiva porque los alumnos volverán a casa dentro de poco. Era de prever, porque sucede todos los años, dice Sebastian, pero su mujer siempre se queda igual de destrozada. Fueron a buscarla por la mañana temprano los alumnos de Alfarería, que estaban ante su puerta con los ojos rojos hinchados y parecían traumatizados. Bajaron en grupo para escribir sus nombres en el molino de viento, se abrazaron y vieron la salida del sol. Las niñas se despertaron y Sebastian se quedó allí dos horas hasta que abrieran la guardería. Lo que más le enfadó fue la versión lacrimógena de *Se nu stiger solen* que se oía desde su cocina. Hay una fiesta de despedida en la escuela y la directora ha dejado claro que es con los acoplados. También sois parte del relato de la escuela, escribió en las invitaciones para las parejas de los profesores. Hay un gran ambiente, pero también tristeza, porque se acerca la despedida. Un chaval alto con un disfraz de felpa rosa y orejas de conejo da vueltas llorando y tres profesores le dan un abrazo a la vez. Sebastian me mira y levanta su botella de cerveza. Durante la cena, una trama sustituye a otra y yo no oigo el discurso, bien porque la gente se ríe, bien porque llora. Habéis dejado huella y os habéis expresado, dice la profesora de Alfarería llorando, cuenta que nunca ha tenido un grupo con tan pocas cocciones frustradas con la técnica *raku*. Y no hay arcilla reseca en los utensilios ni tornos sucios, habéis sido responsables, dice, y se le quiebra la voz. El pequeño grupo con pelucas moradas se echa a llorar. La profesora de Ecología da un discurso dirigido al planeta. En resumen, somos uno, dice. Ponemos nuestros nombres en las cortezas de los troncos, pero un día volverán a cortar los árboles. A última hora de la noche se celebra la entrega de premios. Mi novio gana la Polla de Oro al profesor más buenorro de la escuela. Tiene la cara roja cuando lo recoge y va mirando al suelo. Tres alumnas de la clase de Escritura con vestidos transparentes le entregan la estatuilla. Yo me subo a una silla y muevo los brazos. ¿Y por qué no me dais el Chocho de Oro?, grito, habría que darlo por haber tenido un hijo. La directora dice que sí se podría implantar, siempre le gusta que haya nuevas propuestas. Mi novio coge su Polla de Oro y vuelve a su sitio mientras la directora me echa más vino tinto en la copa. Emma y Malte suben al escenario y me conceden el título de oráculo del año. Leen ante el micrófono fragmentos de respuestas de mi consultorio a la vez que se reproduce en la enorme pantalla un breve vídeo con mis intentos de aparcar delante de la escuela. Me llaman al escenario y recibo una bola de adivina de cartón piedra. Cuando dentro de unos años vuestros lóbulos cerebrales crezcan y se junten, entenderéis poco a poco de qué va todo, digo y ajusto el micrófono. Creéis que la juventud es un rasgo característico, grito. Vagáis mutuamente por vuestros sueños tan serios como si estuvierais en la realidad. No os afecta el tiempo, es un llano infinito en el que peleáis contra molinos de viento. No solo vivís el presente, sois el presente y por eso os queremos. Os tentáis con vuestra suave piel y vuestros claros ojos, pero sabemos algo que os guardamos en secreto. Un día vuestra piel se desprenderá de los huesos, se dibujarán arrugas en vuestros rostros y el cabello se irá volviendo más fino. Querida juventud, digo: hacerse mayor es agradable, pero la vida también se vuelve menos peligrosa. Es más difícil que nos derroten y dejamos el escenario para los demás mientras hacemos un movimiento de hartazgo con las manos. Desaparece la aspereza, los poros se agrandan, el cuerpo se instala en sus suaves pliegues no solo porque se rinde, sino también porque encuentra paz. Bravo, grita la directora y la gente se pone a aplaudir. La pista de baile se llena y por los altavoces se oyen los largos y vibrantes tonos del cuenco de cerámica de Sebastian. Nuestro hijo se ha dormido sobre dos sillas y lo levantamos con cuidado para ponerlo en el carrito. En la temprana mañana estival oímos a las cornejas en la ría y vamos hacia la casita roja. Los caballos del vecino se ponen a relinchar cuando pasa bajo el puente el primer tren y es aquí cuando nos vamos a casa, en medio de todo lo horizontal mientras Velling despierta.

La tierra de las frases cortas
Himno

Melodía: *Kære linedanser* (Querido funámbulo)
Compositor: Per Krøis Kjærsgaard, 1998

Tierra amada y sin cielo
cuando quiero huir
cual jinete
en el oeste
ensillo mi rocín

Lucho con molinos, lento
me adapto a este lugar
del tiempo hablo, y el viento
arrecia sin cesar

Si se quiere, se aprende
a amar
la tierra de las frases cortas
la lengua que el viento y el agua forman

El camino está extendido
cual la eternidad
gran promesa
eterna grieta
a gran profundidad

El viento en nuestro interior
susurra sin cesar
a noventa tú y yo
el resto a ochenta va

Pero cuando las cornejas
miran
al árbol curvo danzar
allí es donde quieren anidar

Juventud querida, atiende
escucha mi canción
los augurios
del futuro
indudables son

Confía a ciegas en mi amor
pues aunque esté cansada
la ría guarda sin temor
las lágrimas lloradas

Tras un encuentro hay una des-
pedida
que canta una triste canción
cuando nos toca decir adiós

Un camino de recuerdos
nuestro hogar será
centelleo
amigos nuevos
hacia el cielo van

Recordad que los humanos
del viento hijos son
somos solo aves de paso
en plena migración

Todos somos simples hojas
al viento
el festival del azar
nos conocimos en este huracán.

ÍNDICE

Esta edición de *Metros por segundo*, compuesta en tipos AGaramond 12/15 sobre papel offset Natural de Vilaseca de 90 g, se acabó de imprimir en Salamanca el día 20 de enero de 2024, aniversario del nacimiento de Johannes Vilhem Jensen